ウェルギリウス小品集

ウェルギリウス
高橋宏幸 訳

講談社学術文庫

目次

凡例

・本書は、伝プブリウス・ウェルギリウス・マロー（前七〇年—前一九年）作『ウェルギリウス小品集』の全訳である。底本としては、以下のものを用いた。
Appendix Vergiliana, recognoverunt et adnotatione critica instruxerunt W. V. Clausen, F. R. D. Goodyear, E. J. Kenney, J. A. Richmond, Oxford: Oxford University Press (Oxford Classical Texts), 1966.
その他、翻訳にあたって参照したテクストは巻末「訳者解説」に掲げた。

・訳文の上段に、各詩篇の行数を五行ごとに示した。訳注および「訳者解説」では、この行数を用いて箇所を指示する。ただし、「付録」として収録されたもののうち、散文で書かれている場合は［1］の形で節数を訳文中に示した。

・固有名詞について、ギリシア人名はギリシア語形で、ローマ人名はラテン語形で表記した。長音は音引き記号を用いて表記したが、地名については、ギリシア語形、ラテン語形にかかわらず、慣用を優先した場合がある。

・訳注は「＊1」の形で付し、注本文は各詩篇の末尾に配した。

・［ ］は底本における削除提案を、〈 〉は底本における補いを示す。個々の箇所の詳細は、訳注に記した。

ウェルギリウス小品集

呪いの歌

バッタロスよ、私たちは再び白鳥の声を歌にのせて響かせよう。
隔てられた家と家、田園と田園をまた歌おう。
私たちは田園に呪い[*1]を、神を畏れぬ祈願をかけた。
狼を子山羊が、子牛がライオンをさらうことでもないかぎり、
イルカが小魚から、鷲が鳩から逃げることでもないかぎり、
世界が転覆して混沌が深まり、
そうした無数のことが起こらないかぎり、私の自由な葦笛が
山々や森に、リュクールゴスよ、おまえの所行を語らずにはいない。
「おまえたちにはトリーナクリア[*2]の喜びが不毛となれ。罰当たりの
不作になれ。われらが老師の多産な田園も
種子が収穫を産まず、丘が餌場とならず、
樹木が果実を結ばず、ブドウの木に房が垂れず、
木立に葉が繁らず、山に川が流れぬよう」。

この歌を何度も繰り返し歌おう、バッタロスよ。
「おまえたちはケレース[*3]の抜け殻のカラスムギを畝《うね》に蒔くがよい。
牧草地は暑さで干からび、黄色く変色するがよい。
果実は熟す前に垂れ下がった枝から落ちるがよい。
木立は葉の繁りを、水流は水源を欠くがよい。
だが、この呪いの歌は私の葦笛をともなわせよう。
多彩に美しく咲き誇るこのウェヌス[*4]の花環は
――春には鮮やかな色彩で野を彩るものだが、
心地よいそよ風よ、去れ、畑の快い息吹きよ、去れ――
破壊的な暑気、むかむかする毒気に代わるがよい。
目にも耳にも心地よいものが何一つ生まれぬがよい」。
私はこう祈る。われらの祈願がこの歌とともに成就しますように。
「私たちは戯れに歌い、われらの歌の巻に幾度も歌い上げられた
最良の木々、美しい緑地の繁み、
そして、緑陰を刈り取る[*5]。嬉しく葉を伸ばした
柔らかな枝を、吹き寄せるそよ風に揺らしもしない。
私の歌を何度も響かせてくれることもないだろう、バッタロスよ。

神をも畏れぬ兵士の右手が斧で伐りつけ、
美しい木陰が倒れるとき、それよりもっと美しい
おまえ自身も倒れよう。昔の主人のもとで幸せな木だったのに、
何のためなのか。むしろ、われらの歌の巻に捧げられ、
天の火で燃やされるほうがよい。ユッピテル[*6]が――手ずから
ユッピテルがこの木を育てたのだから――これを灰にするべきだ。
それから、トラーキアのボレアース[*7]に猛烈な威力の風を吹かせよう。
エウルス風[*8]に褐色の闇が混じった雲を駆り立てさせよう。
アフリカ風[*9]に雨とともに迫り来る嵐の雲を呼び込ませよう。
群青の天空に照り映える森よ、おまえが
二度と呼ぶことはない、かつてしきりに呼んだリューディアの名を[*10]。
近くで上がった火の手にブドウの木を次々と奪わせよう。
作物を呑み込ませよう。そよ風に火の粉をまき散らしながら
吹き渡らせよう。木々もろとも麦穂を炎熱に包ませよう。
神をも畏れぬ測量棹がわれらの畑を区画したところ、
かつてわれらの領地だったところはどこも灰になるがいい」。
私はこう祈る。われらの祈願がこの歌とともに成就しますように。

「おまえたちの水を海辺に打ち寄せる波よ、
心地よいそよ風を畑に振りまく海辺よ、
この声を聞き届けよ。 海神ネプトゥーヌスが居所を移して田畑へ
潮を繰り入れ、野に砂をぶ厚く氾濫させますよう。
火神ウルカーヌスが畑を蝕《むしば》み、ユッピテルの火焔で燃えたところは
リビュアの砂浜の異人姉妹、もう一つのシュルティス[*11]と呼ばれますよう」。
思えば、この悲しすぎる歌を、バッタロスよ、君は思い起こさせた。
「海の暗がりにはたくさんの異様なものが泳いでいるという。
その怪物が想像もできない姿で戦慄を与えるのはたいてい、
荒れ狂う海から突如として巨体を現したときだ。
この暗黒の怪物をネプトゥーヌスが突きつけた三叉の鉾で駆り立て、
真っ黒にうねる海を四方からの風で覆《くつがえ》しますよう。
煤《すす》けた灰を白濁した波に呑み尽くしますよう。
私の田園が荒海と呼ばれますよう――水夫よ、気をつけよ――、
私が呪いを、神をも畏れぬ祈願をかけた田園が」。
私たちのこの祈願がネプトゥーヌスの耳に届かないなら、
バッタロスよ、君はわれらの痛みを川の流れに託したまえ。

だって、君には湧水が、君にはいつも川の流れが親身だから。

もうこれ以上何一つ無駄にできない。すべてはディースのものとなる道理だ。[*12]

「さすらう川の流れよ、水の走りを逆向きにせよ、
向きを変え、今度はまた真向かいの野原を分けて注げ。

川波はいたるところで裂け目を見つけて流れ込め。

私たちの農地が過ちに奉仕するのを許すな」。

思えば、この甘美にすぎる歌を、バッタロスよ、君は思い起こさせた。

「干からびた大地から急に水が流れ出て沼地を生じよ。

イグサを収穫させよう、かつて私たちが麦穂を取り入れたこの場所で。

響きのよい鳴き声のコオロギの穴を口うるさいカエルに固めさせよう[*13]」。

この悲しすぎる歌を今度はまた私の笛に歌わせよう。

「高い山々から雨が水煙を上げて叩きつけよ。

氾濫した水に広く野原を占領させよう。

野原に淀んだ水が残り、地主たちに被害と脅威を与えさせよう。

波をなして水が流れ込み、私の農地に達したなら、
よそから来た耕作者にわれらの領地で漁をさせよう、
つねに同胞市民を食い物にして財を殖やしたよそ者に」。

ああ、法務官たちの罪を示す、呪われた土地よ、
つねに同胞市民に仇なす「不和」[14]よ、
私が追放の処断も下されずに着の身着のままで私の田園を去ったのは、
兵士が血なまぐさい戦争の報酬を受け取るためだったのか。
この高みから私の田園を見るのも、これが最後となろう。
ここから私は森へ行く。すぐに私の視界を丘が遮《さえぎ》るだろう。
山々が遮るだろう。だが、私の声は野原に届くだろう。
「さらば、愛おしい田園よ、それよりなお愛おしいリューディアよ、
清純な泉よ、幸運な名前、愛しい農地よ」[15]。
ああ、哀れな雌山羊たちよ、もっとゆっくり山を下れ。
おまえたちが食べ慣れた柔らかい草を食《は》むことは二度とないのだから。
群れの長《おさ》よ、立ち止まれ。われらにとって最初にして最後の土地だ。
いま私が見つめている野原とも、これからずっと離れ離れなのだ[16]。
「田園よ、もう一度さらば。誰より素敵なリューディアよ、お元気で。
君があるかぎり、あるいは、私とともに死んでも、いずれでも」。
バッタロスよ、葦笛にのせて歌の末尾を思い起こそう。
「甘いものが苦く、柔らかいものが固くならないかぎり、

白いものが黒く、右のものが左に見えることがないかぎり、
物質が解消して異質な物体に移入することでもないかぎり、
君への思いが私の心から去ることはない。
君が火になろうと、水になろうと、いつまでも愛するだろう。
君の喜びを私はいつまでも覚えていられるだろうから」。

〈リューディア〉[*17]

おまえたちが羨ましい、畑と美しい草原よ。
それがいっそう美しく見えるのは、私の美しい恋人が
おまえたちに[*18]声には出さず、私への愛のため息を漏らすからだ。
ほら、愛しいリューディアがおまえたちを見て、戯れる。
ほら、おまえたちに語りかけ、眼差しで微笑みかける。
私の歌を抑えた声で口ずさみ、
ときに、私の耳もとで歌っていた歌を歌う。
おまえが羨ましい、畑よ。おまえも愛を学ぶだろう。

おまえは恵まれすぎている。あまりに幸せすぎる。
彼女が雪のように白い足で踏んだり、
バラ色の指で緑のブドウを摘み取ってみたり
――ブドウの実はまだバッコスを甘くするほど膨らんでいない――、
ウェヌスに捧げる色とりどりの花のあいだに
体を横たえ、柔らかな草の葉をもてあそんでは、
たった一人でこっそり私の愛を物語ったりするだろうから。
それは木々を喜ばせ、そして喜ばせるだろう、柔らかな草原を、
涼しい泉を。鳥たちはさえずりをやめるだろう。
流れゆく川水が走りを緩めるだろう。
そのあいだに、私の恋心が心地よい泣き言を語ろうから。
おまえが羨ましい、畑よ。おまえは私の喜びを抱えているから。
いまはおまえのもとにあるのだ、以前に私を喜ばせたものが。
だが、悲しみが体をひどく痛めつけ、死にそうなほどだ。
死の冷たさが浸透して温もりが失せている。
マドンナが一緒にいないからだ。一人もいなかった、
この世に彼女以上の才媛にして美しい娘は。もしも

神話が現実なら、雄牛や黄金に変じたユッピテル[*19]にふさわしいのは
——ユッピテルよ、聞き流してください——私の恋人ただ一人だ。
ああ、恵まれた雄牛よ、大きな群れの長にして誉れよ、おまえには
決してない、別の寝床にあこがれた雌牛によって、
森に向かって空しく悲痛な鳴き声を上げさせられることなど。
子宝に恵まれ、つねに幸せな山羊の長よ、
切り立った山を目指して岩場を走るにせよ、
新鮮な草ばかり欲して森か、あるいは
野原に向かうにせよ、おまえにはおまえの連れが喜んでついている。
男のほうが誰であれ、彼と結ばれた女のほうが
愛の破綻を嘆いたためしは決してない。
なぜ自然は私にもやさしくなかったのか。
なぜ私は何度も残酷な心の痛みを忍ぶのか。
連れ合いをなくした宇宙[*20]に星々が青ざめた光を放ち、
ポイボスと交代で運行する黄金の輪がいなくなるとき、
ルーナよ、あなたは恋人[*21]と一緒だ。なぜ私の恋人は一緒にいないのか。
ルーナよ、心の痛みをご存じなら、心を痛める者を憐れみたまえ。

ポイボスよ、あなたには愛を祝って月桂樹が新たに生まれました。[*22]
同じように居並ぶ神々も――それが安っぽい噂に語られた
夢物語でないことはご存じのとおり[*23]――自分の喜びを身につけるか[*24]、
宇宙にちりばめて見つめている。それらを語れば長くなる。
まったく、黄金時代[*25]がめぐっていたとき、
その頃の人々の暮らしは、みな同様の条件だった。
これも言わずにおくとして、ミーノースの娘の星[*26]は周知のことだ。
それは捕虜として男につき従った乙女[*27]も同じ。
天上の神々よ、私たちの時代があなた方にどんな傷を与えられたのか。
そのために私たちの生きる条件はずっと過酷になったのか。
私が最初の人間なのか、無謀にも清純な貞節を穢し、
自分の恋人の神聖なリボンを傷つけようとしたのは。
そのために死んで、早すぎる運命の清算をしなければならないのか。
それなら、私の罪がそんな行為の手本を示した
最初であればいいのに。ならば、死が生より甘美になろう。
私の名声はいかなる時代にも朽ちることがないだろう。
ウェヌスの甘美な喜びを盗んだ最初の人間と

私は呼ばれ、私が甘美な快感の始まりとなったのだから。
これは妬み深い運命が私にくれた最大の贈り物だ。
私の過ちが秘め事の恋の導きをしたというのだから。
それ以前にはユッピテルが——いつも自分を偽る姿をとったが——
ユーノー[*28]とのあいだで、まだ二人とも互いに伴侶と呼ばれる前のこと、
甘美な愛を盗んで喜びを味わった。
間男が柔らかな草の上に寝そべって
下になった深紅の花を潰すのを喜んだのは
キュプリア[*29]だった。美男子に首枕をしてやっていた。
このとき、おそらく、マーウォルス[*30]は戦場で大わらわだった。
間違いなくウルカーヌスは仕事中だった。あの
貧乏くじの神は頰と髭を煤で汚していた[*31]。
アウローラもまた新しい恋人[*32]のために泣かなかったか。
顔を火照《ほて》らせ、バラ色のヴェールで目を隠さなかったか。
神々がこんなふうなら、黄金時代も変わりばえしまい。
ならば、神と英雄のしたことを時代が下ってなぜできないのか。
私には運がない。あの時代に生まれ合わせなかったのだから。

あの頃、自然はやさしかった。私の凶運は
生まれつき。不幸な血統ゆえに盛りを過ぎても愛欲を催す。
人生は私の心をどこまでも掠奪したから、
もう金輪際、君が目を向けても私とは分からないだろう。

訳注

＊1　土地没収によって自分の地所を奪われた牧人が新たな入植者に実りが結ばれぬよう呪いをかける。

＊2　「三角」を意味するシキリアの別名で、島の形にちなむ。

＊3　五穀豊穣の女神だが、ここでは「ムギ（の実り）」のこと。

＊4　愛と美の女神。四月を自身の月とするので、ここでは春の開花を表象する。

＊5　二六行の「私たちは戯れに歌い（ludimus）」、二八行の「刈り取る（tondemus）」の含意が理解しにくいため、それぞれ lusibus, tondebis と読んで「われらの戯れの歌の巻に幾度も歌い上げられた最良の木々よ、美しい緑地の繁みよ、おまえも緑陰を刈り取られよう」と解する修正も行われている。

＊6　神々の王。ギリシアのゼウスに相当する。天空を司り、雷神でもある。

＊7　北風の神。

＊8　南東風。

＊9　南西風。

＊10　この行は『呪いの歌』を『リューディア』と連接させようとした意図的竄入との見方がある。なお、報われない恋を人影のない森で嘆いて片思いの女性の名を呼ぶのは、恋愛詩の常套的モチーフ。

＊11　アフリカ北岸沖の砂州の暗礁によって船の難所となっている海域。シュルティスは大小二つあり、女

性名詞であるため「姉妹」と言われている。

＊12　底本は、行後半での写本の読み「すべては富者の仕業だ（merita omnia ditis）」の含意がつかめないとして、六六行全体の削除提案をしているが、修正提案（merito omnia Ditis）を採って、「すべてを滅ぼす」（この場合、ディースは冥界の王で、ここでは冥界ないし死滅と同義）という呪いを成就するためにもう猶予ならない、という表現とする理解に従った。

＊13　一つの写本の読み（cogulet）に従って訳出した。「占拠させよう（occupet）」という読み、「横たわらせよう（occubet）」という修正提案もある。

＊14　底本の読み（praetorum）に従ったが、「略奪者たち（raptorum）」という修正提案もある。

＊15　八九―九〇行および九五―九六行は意図的竄入との見方がある（前注＊10参照）。

＊16　意味の切れ目を変えて、「いま私が野原をじっと見つめているのも、これから離れ離れになるからだ」と読む校本もある。

＊17　写本では以下も一続きの詩とされているが、内容が変化することから別の詩とする見方が有力である。以下、別の詩とした場合の行数を（　）内に示す。

＊18　写本の読み（et, est）は前行との文法的な連接を損なうため、底本は一〇五行のあとに欠行を想定しているが、修正提案（in）を採って訳出した。

＊19　ユッピテル（＝ゼウス）は、フェニキア王アゲーノールの娘エウローペーに対しては白い雄牛の姿でさらい、アルゴス王アクリシオスの娘ダナエーとは黄金の雨に変じて、それぞれ交わった。

＊20　次行以下で語られる月の女神ルーナ（＝セレーネー）が姿を見せないことを先取りしての表現。

＊21　月の女神は、美しい牧人の若者エンデュミオーンに恋をして誘惑した。

＊22　月桂樹は、ポイボス・アポッローン神に愛されたニンフのダプネーの化身とされる。

＊23　底本は写本の読みに修正不能のしるしを付して印刷しているが、直訳すると「噂が森に語ったのでな

ければ、あなた方がすべてだ」となって、意味をなさない。修正提案の一つに従って訳出した。
＊24　牧神パーンが愛したニンフのシューリンクスの化身である葦笛を牧笛として携えていることへの言及。
＊25　争いが絶えず、労働が必要な現在が鉄の時代であるのに対して、平和で生活の糧が自然に生じた時代。
＊26　クレータ王ミーノースの娘アリアドネーは、アテーナイの英雄テーセウスに捨てられたあとバッコス神と結ばれ、婚礼の冠はかんむり座となった。
＊27　言及は曖昧で、誰を指すのか不明。
＊28　神々の女王。ユッピテルの妹にして后。
＊29　「キュプロス島の女神」の意味で、ウェヌス（＝アプロディーテー）のこと。前々行の「間男」は、美少年アドーニスのこと。猪の牙に突かれて死んだとき、女神によってアネモネの花に変えられた。ただし、「間男」は修正提案による読みで、底本は固有名の欠落を考慮して一六九行の前に欠行を想定している。
＊30　軍神マーウォルス（「マールス」とも綴り、ギリシアのアレースに相当）がウェヌスと不義に及び、その現場を夫のウルカーヌスが押さえて二人を捕まえた話は有名。
＊31　ウルカーヌスが火を司るとともに鍛冶の神であることを踏まえた言及。
＊32　曙の女神アウローラ（＝エーオース）は、巨人オーリーオーン、アテーナイの英雄ケパロス、トロイアの王子ティートーノスなどの美男をさらい、関係を結んだ。

ブヨの歌

私たちは戯れました、オクターウィウス[*1]よ。細身のタレイア[*2]の調べです。
小さな蜘蛛のように、ほっそりした織物を仕立てました。
私たちは戯れました。どうか、このブヨの歌が学あるものとなり、
語りの次第が終始、戯れながら伝統と音色を合わせ、
先達の伝承からはずれませんよう。妬む者がいてもかまいません。
戯れ言を歌うムーサを咎めようという魂胆の者はみな、
ブヨの重みと名声にすら及ばぬ軽薄な人間と思われますよう。
またの機会にします、私のムーサにもっと荘重な響きであなたに
語らせるのは。いつか機が熟して憂いなく果実を摘《つ》めるとき、
あなたにふさわしく、あなたの好みに歌を磨き上げましょう。
　ラートーナ女神とユッピテル大神の誉れにして黄金の子たる
ポイボス神が私の歌の先頭に立って導き、
鳴り響く竪琴で支えてくれよう。神を養育したのは、

キマイラ山に発するクサントスの川水に浸るアルナ[*3]か、
誉れあるアステリア[*4]か、それともパルナッソスの岩根が
広い額《ひたい》の左右に角を張り出し、
カスタリアのせせらぎが透明な流れを滑らせるところ[*5]か。
それゆえ、さあ、ピーエリア[*6]の清水の誉れたる姉妹の
ニンフらよ、戯れの歌舞を賑々《にぎにぎ》しく神に捧げよ。
また、パレース女神[*7]よ、これからも繰り返し
農夫らが畜産によって捧げ物を献じる神よ、ご配慮あれ、
空高くそびえる森を世話し、木立を青々と守る者に。
あなたに見守られ、私は牧場や洞穴のあいだをそぞろ歩きする。
　そして、価値ある著述[*8]によって自信を深めるあなたも、
尊きオクターウィウスよ、私の試みのもとにお出でください。
神々しき子よ、あなたのために私の綴葉は戦争を歌いません。
ユッピテルの悲惨な戦争はありません。戦列を見て怯《おび》えた[*9]
プレグラ[*10]、巨人族の血を浴びた土地を歌いません。
ラピタイ人がケンタウロスの剣に向かって突き進みもせず[*11]、
東方の軍がエリクトニオスの城塞を炎で焼く[*12]こともありません。

掘り抜かれたアトス[13]も、大海原に架けられた鎖も
いまさら私の歌の巻によって名声を求めはしません。
ヘッレースポントス[14]が馬たちの蹄《ひづめ》で蹴られ、
ギリシアが四方から迫り来るペルシア軍を恐れた次第も同様です。
繊細な詩行を連ねて綴るたおやかな歌、
力量に合った歌をポイボスに導かれて戯れに紡《つむ》ぐことが喜びです。
これを、神々しき子よ、あなたに捧げます。あなたの語り継がれるべき
栄光が絶えず輝き、時代を超えて変わりませぬよう。
徳義の殿堂に占めるあなたの地位が変わらず、あなたが恙《つつが》なく
幸せな歳月を過ごされますよう。あなたが享けるべき長寿が
善きことの喜びと光に満ちますよう。では、私の試みを始めます。
　火と燃える太陽がすでに天空に達し、
金箔を貼った戦車から輝く光を振りまいて、
バラ色の髪のアウローラ[15]が闇を追い払っていた。
山羊たちを畜舎から嬉しい餌場へ追い立てる
牧夫の姿がある。そびえ立つ山の高嶺まで行けば、
甘露な草が丘に広がる一面を覆っていた。

山羊たちは寄り道して木立や藪や谷あいに姿を
隠したかと思うと、足早にどこへでも歩きまわり、
青々とした草をゆったり噛んで刈り取った。
川岸を離れて岩がごつごつした窪地まで遠出すると、
目の前に揺れる木イチゴを伸びた枝から摘み取り、
密に実った野生のブドウを茂みからがつがつ貪《むさぼ》る。
こちらでは、爪先立って梢の先を噛んで摘み取ろうとするが、
それはしなやかな柳だったり、ハンノキの新芽だったりする。
あちらでは、柔らかなイバラの茂みを覗いてみるが、イバラは
小川の上にせり出して、見事な影を映し出している。
　牧人の幸せ[*16]――誰もが貧者のならいを
毛嫌いせぬ心得を学び、彼らの幸せを蔑《さげす》んで
贅沢な暮らしを夢見なければよいが――、それは煩悩を知らない。
胸に敵意を生み、心を引きちぎって強欲にする煩悩だ。
アッシュリアの染料で二度染めした
羊毛をアッタロスの富で購《あがな》えずとも[*17]、黄金が輝く
羽目板天井の家に住みながら貪欲な心が満たされぬまま

美しい絵画を見ることがなくとも、きらきら光る宝石を見ても
真価を認めぬままでいても、アルコーン[*18]作の酒杯や
ボエートス[*19]の浮彫細工が喜びをもたらさずとも、インドの
海が産する真珠を高価と思わずとも、牧人の胸は清らかで、
日々よく柔らかな草の上に大の字に横たわる。
花咲く大地は宝石を散らしたような草が彩り、
心地よい春を告げてさまざまな色が耕地を飾る。
牧人は、沼地に生える葦の笛の響きに喜び、
妬みや欺きから遠く離れた閑暇を過ごしつつ、
自身を恃《たの》む力がある。緑の蔓とつやつや光る
トモーロス[*20]の葉が織りなすブドウの衣に身を包む。
牧人の喜びは乳を滴《したた》らせる雌山羊たち、
森と多産なパレース、谷間の奥で
いつも新鮮な泉水が湧く小暗い洞穴。
もっと願わしい時代にも、誰が牧人より幸せでありえようか。
牧人は清らかな心と誠実な感性をもって一歩引きつつ、
富の強欲さを知らず、悲惨な戦争も、

強力な艦隊の死を招く合戦も恐れない。
光り輝く戦利品を神々の神聖な社《やしろ》に
飾ろうとしたり、限度を超えて所有財産を積み上げようとして、
容赦ない敵の正面に自分から首を差し出したりもしないのだから。
牧人は匠の技ではなく鎌で削った神像を崇める。
牧人は聖林を愛でる。牧人にはパンカイア[*21]の乳香の代わりに
色とりどりの花を咲かせた野草がある。
牧人には甘美な安らぎがあり、喜びとするものは清らかで
自由、心がけることは単純だ。目標を定めると、すべての
神経をそこに振り向け、それだけに専心する。
どのような暮らしにも満ち足りて安らぎが溢れ、
疲れれば体に気持ちのよい眠りを結ぶ。
家畜の群れよ、パーン[*22]たちよ、テンペー[*23]の絶景よ、
涼しい水のニンフ[*24]らよ、あなた方をつましく崇める
牧人はみなアスクラの詩人[*25]と張り合い、
心穏やかに憂いのない人生を過ごす。
　そのように精を出し、杖で身を支えつつ、日なたで

牧人が想を練り、粗削りな音色の
曲をいつもどおりに葦を組み合わせた笛で演じるあいだに、
ヒュペリーオーン[*26]が乗り込んだ燃え立つ戦車が光芒を伸ばし、
天の蒼穹を光で二つに区画する。
このとき、東西いずれの海にも等しく激烈な太陽の炎が及ぶ。
いまや、気ままに歩いていた山羊たちが牧人に追われて、
ささやくように揺れる水瀬へ戻ってきていた。
水は深緑の苔の下に青く淀んでいた。
すでに太陽が行程の半ばを過ぎたとき、
牧人は群れを濃い陰の内へ集めようとしたが、
群れがとどまるのが遠くから見えた緑なす聖林は、
デーロスの女神[*27]のものだった。そこにはかつて狂気に憑かれた
カドモスの娘アガウエーがニュクテリオス[*28]から逃れてやって来た。
非道な手を罪深き殺害の流血に染め、
冷え冷えとした尾根に狂乱の歩みを進めたあと、洞穴に休めた、
やがて息子の死の報いを受ける定めの身を。
ここにはまた緑の草の上で戯れるパーンたちと

サテュロス[*29]たち、ドリュアス[*30]の乙女たちが歌舞の輪を組み、
そこにナーイアス[*31]たちも集《つど》った。オイアグロス[*32]の子はヘブロス河の流れを
のんびり両岸に引き留め、木立を止める歌を歌った。
それに劣らず、俊敏な女神よ、乙女らの歌舞はあなたの足を止めた。
彼女らが嬉々としてあなたのお顔に溢れる喜びを注ぐからだ。
その場所に自然が作り出したささやきのこだまする家に
彼女らは住み、甘美な日陰で疲れを癒していた。
谷を下る斜面の入り口には枝を広げて空高く伸びた
プラタナスの並木、そのあいだに意地悪なロートス[*33]が立っていた。
意地悪なロートス、かつてイタケー人の仲間をさらい、彼を悲しませた。
歓待があまりに心地よすぎて、いったん虜《とりこ》になるともう離れられなかった。
だが、かの姉妹たち、栄えある馬車から投げ出され、
焼き尽くされたパエトーンを嘆いて姿を変じた
ヘーリアデス[*34]は、たおやかな幹に腕を巻きつけ、
ぴんと伸ばした枝から白く輝くヴェールを落としていた。
その次に立つのは、デーモポオーンが自分を捨てた不実ゆえに
永遠に災いを嘆き続ける木[*35]。大勢に不実をなした

本当に不実なデーモポオーン、いまも娘らを泣かせている。
それに運命を告げるオークの木が寄り添っていた。
オークはケレースが種子を授ける以前に命の糧《かて》をなし、
オークはトリプトレモスの畝《うね》によって麦穂に取って代わられた。*36
こちらにはアルゴー号に大いなる誉れを加えた松*37が
毛むくじゃらの長身で木立に彩を添え、
天を目指そうと伸びて星にも届こうとする。
ほれぼれする黒いトキワガシ、暗鬱な糸杉、
陰深いブナはつねに変わらず、ツタがポプラの腕に
絡むのはポプラが兄弟を嘆いて*38胸を叩かぬようにするため。
ツタは二枚腰で梢の先まで登りつめ、
黄金色の房を薄緑で彩る。
そのそばにミルテの木があり、その昔の運命*39を忘れずにいた。
だが、大きく広がった枝には鳥たちが止まり、快い
歌をさまざまな調べでさえずり、あたりに響かせていた。
その下には冷たい泉から湧く流水があり、
軽やかに流れて、穏やかな水音を響かせる。

左右両方の耳を満たして鳥たちの声が高鳴るところには、
これに応えて不平の声を返す生き物[*40]がいる。泥水に浮かせた
体が水分で育つ生き物だ。響きは空にこだまして大きくなり、
蟬の鋭い鳴き声が加わると、あたりはどこも騒然と熱を帯びる。
そのまわりでは、あちこちで山羊たちが疲れた体を休めた。
高い茂みの下に入ると、穏やかに吹きつける
そよ風があり、ささやく風の息が茂みを揺らす。
牧人は泉のほとりで、濃い陰に入って休んでいた。
大の字になって、やさしい眠りのうちにあった。
不意を襲われる心配もなく、どっかりと草の上、
横たえた四肢を憂いのない眠りに預けていた。
地面に寝て心に甘美な安らぎを得られるところだったが、
偶然の女神が先の見えない事態を引き寄せるよう指図していた。
というのも、いつもどおりの刻限に同じ経路で練り歩く
巨大な蛇があったからだ。体にまだら模様のあるこの蛇は、
暑さの厳しいあいだは泥の中に潜り込んだまま、
重い臭気を放ちつつ、寄ってきたものを震える舌で捕まえるが、

いまや鱗が光るとぐろを大きな動きでめぐらし、
怒気[*41]を含んで体を起こすと、近づくものすべてに睨《にら》みをきかせた。
いまや、くねくねした体の動きをますます大きくうねらせつつ、
きらきら光る胸を持ち上げた。高い頸の上に
伸び上がった頭には、さらにその上に角《つの》が
突き出ていて、緋色のまだら模様の輝きで覆われている。
獰猛に睨みつける目からは炎がきらめく。
自分のまわりを検分していた蛇の目が
家畜番の寝ている姿を正面に捉えた。近寄るにつれ、いっそう鋭く
眼光を走らせながら進み、進路をふさぐものがあると荒々しく
ひっつかんでは打ち砕くことを繰り返す。誰であれ、この蛇の
水瀬に近寄ってはならなかった。蛇は生まれもっての武器を用意する。
熱く燃える心で猛り立つ舌を鳴らし、口から雷電を放つ。
体を反り返らせてとぐろが巻かれ、
通ったあとのいたるところに血の滴《しずく》が滴《したた》る。
毒息が顎から噴射される。これらすべてに狙われたとき、
それに先んじて泉の水に養われた小さな生き物が牧人に警告した。

死を回避するよう注意して刺した。それというのも、
瞼を開いて眼を開けると目の玉がのぞくあたり、
そのあたりで老人の瞳を生まれもっての槍で
軽く突いたのだ。老人は激怒して飛び起きると、その虫を
叩き潰して殺した。すべてが四散した。
息も意識も消えた。それから牧人が振り返ると、凄まじい
眼光で睨みつけている蛇が間近に見えた。すわ、
生きた心地もなく、かろうじて気を取り直すや、さっと身を引いてから、
一本の木から頑丈な枝を右手でもぎ取った。
救いが得られたのは偶然か、神々の意志によるのか
詳《つまび》らかにし難いが、牧人は打ち勝つことができた、あのように
鱗が光る体でとぐろを巻く大蛇を相手に。
蛇が抗い、醜悪な攻撃を試みても、何度も執拗に
角《つの》のまわりの額のあたりの骨を打った。
眠りから覚めたばかりのだるさゆえまだ感覚が鈍く、
恐ろしいものを目の前にしても老人*42の手足はすくんでいなかった。
それだけ気持ちがおぞましい恐怖に搦め取られずにすんだ。だが、

蛇が倒れて伸びたのを見ると、へたり込んだ。
　いまやエレボス[*43]の姉妹である「夜」が二頭立て馬車を駆って昇り、
ゆっくりと宵の明星が黄金のオイテー山[*44]から進み出る。
このとき牧人は群れを囲い込んでから二倍に伸びた影を踏んで
戻り、疲れた四肢に休息を与えようと寝支度をする。
体中に軽やかな眠りが入り込み、
睡眠のしみわたった手足がしどけなく安らいだとき、
彼のもとをブヨの幻が訪れ、枕もとで
悲惨な死の次第について非難する歌を歌った。
曰く、「何が悪かったのか。何を責められて私は過酷な
めぐりあわせを強いられるのか。私は自分の命よりおまえの命を
大切にしたばかりに、いま風に吹かれるまま虚空にある。
おまえはのんびり体の疲れを癒している。快い安らぎに浸れるのも、
ぞっとする災いから救われたからだ。私はどうか。死霊たちが
この体を無理やりレーテー[*45]の川向こうへ渡らせる。
私はカローン[*46]の獲物として引っ立てられる。私は見た、燃える瞳が
まるで祝祭のときに神殿全体を明るく照らす松明《たいまつ》のようだった。

前に立ちはだかったティーシポネー[*47]は前後左右に蛇髪を結い、
私に仮借なく火を突きつけ、鞭を打ち振る。そのうしろには
ケルベロス[*48]がいて、燃えるような口から忌まわしい吠え声を上げる。
頸の左右に反り返った蛇が恐ろしく、
充血した眼球から熱い光が閃《ひらめ》く。
ああ、なぜ尽くした務めに感謝が払われないのか。おまえを
私はこの世にとどめた。それも、もうまさに死の門口からだ。
慈愛の報酬はどこだ。慈愛を讃えないのか。
そうしたものは空しく潰えた。田園を去ったのだ、
「正義」も昔気質《かたぎ》の「信義」も[*49]。私が迫り来るのを見た死は
他人のものだったが、自分の死を顧みずに身を挺し、
相見互いの最期に向かう。罰を受けるのは仕方がない。
命を奪われる罰でもよいが、感謝の気持ちがなくてはならない。
報いる務めが果たされるべきだ。いま私は道なき場所を辿っている。
はるか遠く、キンメリオイ人[*50]の聖林のあいだの道なき場所だ。
私のまわりには、あらゆる罪に対する陰鬱な処罰がひしめいている。
そこには巨人オートス[*51]が蛇に縛られて座し、

離れたところに縛り上げられたエピアルテースを悲しげに眺める。
二人がかつて天界に登ろうと企てたからだ。
ティテュオス[*52]も苛《さいな》まれている。ラートーナの怒りを忘れず
——あまりに宥《なだ》め難い怒りゆえ——、鳥に啄《ついば》まれながら横たわる。
私は怖い。怖くてならない。あんな亡霊たちのそばへ行くなんて。
ステュクス[*53]の川辺に戻るなんて。川からかろうじて頭頂だけ
出しているのは神々の神聖な食べ物に欺瞞を働いた者[*54]、
喉の渇きに駆られてあらゆるところへ目を転じる。
それにどうだ、はるばる岩を転がして山の上へ持ち上げる者[*55]は。
彼が神々を蔑《なみ》したことを、きりきりと激しい痛みが断罪している。
そこの娘ら[*56]よ、私は安穏が欲しいのだ、邪魔するな、行け、
陰鬱な復讐女神が婚礼の松明に火を点《とも》す男らのところへ行け。
女神はそのように婚儀の前祝いをして、死の結婚を授けた。
そして[*57]また、ひしめく霊の群れに次々と列が連なる。
血迷い、残忍にも母の心を棄てたコルキス生まれの母親[*58]がいる。
不安な息子らのために悩める殺傷を思いめぐらしている。
パンディーオーンがもうけた憐れむべき娘ら[*59]もいる。

彼女らが、イテュスよ、イテュスと声を上げると、ビストネス[60]の王は
彼を失った悲しみからヤツガシラとなって有翼の空へ飛び出す。
それに、いがみ合うカドモスの血筋の兄弟[61]が
険しい敵意むき出しの眼光をお互いの
体に向けたかと思うと、次にはどちらも顔を背ける。
身内への愛を棄てた右手が兄弟の血を滴《したた》らせているからだ。
ああ、苦労は決して変わるべくもない。どこまでも行って、
さらにさまざまな光景に臨み、はるか遠くに名のある霊を目にする。
私はエーリュシオン[62]の水辺まで泳がねばならない。そこが目的地だ。
道すがらペルセポネー[63]に出会う。同道する婦人たちを急《せ》かしながら、
正面に松明をかざしている。アルケースティス[64]は、あらゆる
悩みから解放され、清らかそのものだ。夫アドメートスの
非情な死をカルコードニオンの住人らのあいだで差し止めたからだ。
それ、そこにイーカロスの娘[65]、イタケー人の妻がいる。女性の鑑《かがみ》たる
誉れはつねに変わらず、遠くから彼女を見て怯《おび》えるのは
不埒な若者たちの一団、矢で射抜かれた求婚者たちだ。
不幸なエウリュディケー[66]よ、なぜそんなにも嘆き悲しんで退いたのか。

あなたにはいまもオルペウスが振り返ったことへの罰が待ち受けているのか。
彼はじつに大胆だった。ケルベロスはいつでもやさしく、
ディースは誰にでも宥められる神格だと信じていた。
少しも恐れなかった、燃え立つ波が荒れ狂うプレゲトーン[67]も、
暗黒の愁嘆に沈んだディースの王国も、
奈落の底の住まいタルタラ[68]を覆う血染めの夜も、
判事がいなければ容易に入れるディースの館も。
だが、死後には存命中の所行を判事によって審判されねばならない。
運の女神の力添えによって彼は以前にも大胆になった。
そのとき、川の速い流れが止まった。野獣らの群れが
歌声に魅了されてつき従い、ヘブロスの川べりに腰を落ち着けた。
このとき、緑の大地奥深くに張った根を高く振り上げる
オークの木があった。［川の流れが止まった[69]］木立が葉擦れの音も快く
ひとりでに貪欲な樹皮で彼の歌を捕まえようとした。
彼は星々のあいだを滑りゆく「月」の二頭立ての
馬車をも押しとどめた。月を司る乙女が馬車の走りを
止めて、竪琴の調べを聞こうとし、夜を見捨てたからだ。

この同じ竪琴がディースの奥方の心を虜《とりこ》にできた。
エウリュディケーを連れ帰ることを許させた。だが、死の掟は
嘆願を聞き届けて生き返らせることを女神にも許さない。
彼女自身は死霊の世界がどれほど厳格かを身に沁みて知っていたので、
指示されたとおりに道を辿った。眼差しを内奥に
向けることも、声を出して女神の贈り物を台無しにすることもしなかった。
しかし、オルペウスよ、おまえは残酷だった。あまりに残酷だった。
愛しい人の口づけを求めて神々の指示に背いた。
赦されてよい愛ゆえだが、タルタラは赦すことを知らなかった。[*70]
過ちは重く胸に刻まれている。さあ、あなた方を徳に篤《あつ》い人々の館で
一群の英雄たちが待ち受けている。こちらに二人とも揃って
アイアコスの息子ら[*71]が――ペーレウスも雄々しいテラモーンも
父の神威によって安楽を得ている。両者の
結婚にはウェヌス[*72]と「武勇」が誉れを添えた。
かたや捕虜の女性の虜となり、かたやネーレウスの娘に愛された――
腰を下ろすと、こちらに座すのは運命を分かち合った栄えある若者たち。[*73]
一方が顔に湛《たた》える表情は[*74]、アルゴス勢[*75]の船艇から

プリュギア[*76]の火焔を押し返したときの壮絶な荒々しさ。
ああ、誰がかの大戦争の分かれ目を語らずにいられよう。
それはトロイアの勇士らも見たし、ギリシアの勇士らも見た。
あのとき、テウクリア[*77]の地面に滴った大量の血は
シモエイスやクサントスの川水にも混じった。シーゲイオンの
岸づたい、ヘクトールの非情な怒りに率いられたトロイア軍が
ペラスゴイ勢[*78]の艦船憎しとばかりに押し寄せた[*79]。
槍を投げ、火炎を放ち、敵を傷つけ、殺そうと意気込んだ。
うろつく者たちに[*80]手荒いイーデー山が進んで
養い子らの求めに応え、慈しみ深く炬火を供給していた。
それはロイテイオンの岸沿いすべてを灰に帰すため、
涙を呼ぶ[*81]炎が艦船を燃やし尽くすため。
これに対抗して迎え撃ったのが、テラモーンの子なる英雄だ。
盾で身を護って戦いに打って出ると、向こうからは
トロイアの至宝ヘクトールが現れ、双方とも気合い鋭い。
轟々たる川の流れのよう、……[*82]
盾と矢玉を越えて……

帰還を奪い去ろうとすれば、相手は剣を揮《ふる》ってウルカーヌス[*83]の
打撃を艦船から押しのけようと必死に防戦する。
この栄誉にアイアコスの孫の一人は喜びを顔に顕わした。
もう一人が喜んだのは、ダルダニア[*84]の野を血で濡らしながら
打ち負かしたヘクトールの遺体がトロイアのまわりをめぐったときだ。
そこにまた激しい怒号が響く。かたやパリスに殺され、かたや
武具をめぐって武勇がイタケー人の策略の前にあえなく斃れ[*85]たからだ。
ラーエルテース[*86]の子は顔を背けて、そちらを見ない。
すでにストリューモーン河畔から来たレーソスとドローンに勝利し、
すでにパッラスを奪って凱旋した[*87]。その彼もまた恐怖に震える。
冷徹な彼もキコネス族[*88]やライストリューゴネス族[*89]にはぞっとする。
彼も腰のまわりにモロッシア犬が取り巻く貪婪なスキュッラ[*90]、
アエトナに住むキュクロープス[*91]、恐るべきカリュブディス[*92]、
青ざめた沼と見苦しいタルタラは怖い。
ここにはタンタロスの家系に生まれたアトレウスの子[*93]も
傍らに座っている。このアルゴス勢の光輝の士の指揮下で、
ドーリス[*94]の炎がエリクトニオス[*95]の城塞を根こそぎ覆《くつがえ》した。

ああ、トロイアよ、ギリシア人はおまえを陥落させた罰を受けた。
ヘッレースポントス[*96]の波間に命を落とすという罰だ。
かの軍勢は人の世の無常を自分の目で確かめた。
何人《なんぴと》も自分に向いた運に恵まれて富者になろうと、
天の上へ伸び上がってはならない。どんな誉れも
そばに控える「嫉妬」の武器に打ち砕かれる。沖へ乗り出した
アルゴス勢は祖国を目指した。たんまり積み込んだ戦利品は
エリクトニオスの城塞のもの。寄り添う風にも後押しされ、
穏やかな海原を走りゆく。波間からネーレーイス[*97]が
いたるところで送る合図に従い、船は舵を切って海を渡る。
そのとき、天命か、それとも、凶星の昇りによるのか、
空一面、明るさが一変する。すべてを風が、
すべてを旋風がかき乱す。いまや海の波が
星々のもとまで伸び上がろうと争う。いまや上空の
太陽も星もすべてが摑み取られて
地面に落ちるかのように天に雷鳴が轟く。さっきまで喜びに溢れた
軍勢が、いまは惨めな運命に包まれて心をかき乱される。

彼らが命を落とした高浪荒れるカペーレウスの岩場[98]、
エウボイアの断崖、広くエーゲ海の
沿岸には、プリュギアを滅ぼして奪った品々がそこここに散らばり、
いまやすべては海の藻屑となって青い潮の流れに漂っている。
この場所の住人には他にも武勇の栄光で並び立つ
英雄たちがいる。そのすべての住まいは中央に位置し、
すべてローマが大宇宙の誉れとして鑽仰《さんぎょう》する者たちだ。
ファビウス家門[99]にデキウス家門[100]、武勇名高きホラーティウス[101]、
名声が年を経ても決して朽ちることなきカミッルス[102]がいる。
クルティウスはその昔、都の真ん中に現れた
青黒い深淵にその身を犠牲にして水底に呑まれた[103]。
英邁なムーキウス[104]もいる。彼が炎熱を生身で忍受したとき、
強権を誇るエトルーリアの王は恐れおののいて退却した。
こちらに栄えある武勇の盟友クリウス[105]がいれば、あちらにいる
フラーミニウス[106]は自分の体を犠牲に捧げた。
それゆえ、この場所で徳義がそれだけの栄誉に与《あずか》るのは当然のこと、
……[107]

スキーピオー家の将軍たち[108]は天に誓った凱旋を果たし、
リビュアなるカルターゴーの城壁はいま荒れ野と化している。
かの者たちは功業によって栄えるがよい。だが、私はディースの暗い
沼に行かねばならない。ポイボスの光が失われた沼だ。
茫漠たるプレゲトーンを耐えねばならない。これによって大ミーノース[109]が
極悪人の縄目と徳義に篤《あつ》い人の住まいを判別するからだ。
それゆえ、なぜ死んだか、どんなふうに生きたかを申し立てよ、と
非情な「処罰」が判事の傍らで鞭を振って強いる。
ところが、おまえこそ私の災いの原因であるのに、助ける証言をしない。
いま聞いていることも、たいして気にかけず忘れてしまう。
朝おまえが出かけるとき[110]、おまえはすべてを風が吹き散らすままにするだろう。
私はいま立ち去れば、二度と戻ってこない。おまえは大切にせよ、泉と
緑の森の木々と牧場を。その喜びに浸りながら、
私の言葉を定めなく流れる風に持ち去らせるがいい」。
ブヨはこう言うと、これを最後に悲しみに暮れて去った。
　生の無為な時が去ると、牧人は取り乱した。
胸の底から重い響きの嘆息を吐くと、それ以上耐えられないほど

ブヨの死を悼む悲痛な思いが体中に沁み通った。
年老いて出せるかぎりの力を出して
――とはいえ、危険な敵と戦って打ち負かす力はあったのだが――
緑の葉陰に隠れた流水のそばに
定めた場所でせっせと造作を始める。この場所を円形に
区画してから、杖をシャベル代わりに使い、
緑の芝から草の生えた土を掘り出した。
いまや念入りに心を込めて着手した仕事を仕上げようと
築山を高く積み上げた。大量に土を
盛ると、区画した円の上に塚が背を伸ばした。
その周囲に滑らかな大理石から形作った石を
配したが、そのあいだもずっと念入りに心を込める。アカンサスと
慎み深いバラが、ここに育って深紅の彩りを添えるだろう。
あらゆる種類のスミレもここに咲き、スパルタゆかりのミルテも
ヒアシンス[*111]も、キリキア[*112]の野から芽を出したサフランも、
また、ポイボスの大いなる誉れたる月桂樹[*113]も、夾竹桃《きょうちくとう》も、
ユリも、庭で世話するローズマリーも、

いにしえ人が高価な乳香の代わりにしたサビーニーの葉[*114]も、
キクも、白い房をつけて輝くキヅタも、
リビュアの王の名を冠するボックスも、アマランサスも、
青々とした実が膨らむブドウも、いつも花咲くガマズミも、
スイセンもそこには欠けていない。ナルキッソスの栄えある姿は
自身の肢体を求めてクピードーの火を燃え上がらせた。[*115]
そして、春の季節が新たに咲かせる花という花、
それらが塚の上に植えられる。正面に据えられた
顕彰碑には物言わぬ声が文字で刻まれた。
「小さきブヨよ、家畜番がそなたの尽力に報い、ここに
弔いの務めを果たす、命を救われた御礼に」。

訳注

＊1　のちのアウグストゥス。
＊2　詩歌を司る姉妹神ムーサイ（単数はムーサ）の一人。快活な詩作、特に喜劇を司るとされる。「細身」は英雄叙事詩などの「重厚」と対比的な性格を示す。
＊3　山と川は、ともに小アジア南部リュキア地方にある。アルナについては、ヒュギーヌス『神話伝説集』二七五・三に、アポッローンが築いた町としてアルナイの名が挙げられている。

＊4　神が生まれたデーロス島の古名。

＊5　有名な神託所があったデルポイのこと。デルポイはパルナッソスの山腹にあり、その上に一対の峰がそびえ、カスタリアの泉が湧いている。

＊6　マケドニアの一地方の名だが、ムーサイとゆかりが深く、その定型修飾語のように用いられる。

＊7　ローマ古来の牧畜を司る神格。

＊8　「価値ある著述（meritis chartis）」は写本の読み。「偉大な功績（meritis tantis）」という修正提案もある。

＊9　テキストに乱れが想定され、「戦列を見て怯えた」は修正提案の一つに従って訳出した。底本は写本の読み（前行後半と同じ「綴葉は戦争を歌いません」）をそのまま印刷したうえで削除提案のしるしを付している。

＊10　巨人族誕生の地（アポッロドーロス『ビブリオテーケー（ギリシア神話）』一・六・一）で、ユッピテル率いる天界の神々との戦いの戦場となった。『アエトナ』四一行以下参照。

＊11　ラピタイ人の王ペイリトオスの婚礼祝宴に招かれた半人半馬の種族ケンタウロスは、酒に酔って狼藉を働き、ラピタイ人と争いになった。

＊12　「東方の軍」はギリシアを攻めたペルシア軍を指す。エリクトニオスはアテーナイの伝説的王。次の四行は、その遠征に関する言及。

＊13　エーゲ海北岸、三つ又の形のカルキディケーの東側突端の山。ペルシア王クセルクセースは、前四九二年にここを迂回する際に暴風で大損害を蒙ったため、前四八三年の第二次遠征では運河を掘り抜いた。

＊14　現在のダーダネルス海峡。

＊15　曙の女神。

＊16　以下、九七行まで牧人の暮らしが讃えられる。同様の詩想として、ウェルギリウス『農耕詩』二・五

一三以下の、いわゆる「農民讃歌」が想起される。

*17 ペルガモン王アッタロスの名前は、豪華絢爛なタペストリーを連想させた。

*18 詳細不明。

*19 前三世紀ないし前二世紀の同名のギリシア人彫刻家が数人知られている。たとえば、プリーニウス『博物誌』三三・一五五で、すぐれた彫刻家として言及される人物など。

*20 小アジアのリューディア地方の山。

*21 アラビアの伝説的な地域。乳香で知られた。

*22 ギリシアの牧神。

*23 美しさで名高いテッサリア地方の渓谷。

*24 写本の読み「泉の(fontis)」は意味がぎこちないため、修正提案の読み(frigus)に従った。

*25 ギリシアの教訓叙事詩人ヘーシオドスのこと。ボイオーティア地方の寒村アスクラに暮らし、ヘリコーン山の麓で羊飼いをしているときにムーサイから詩歌の霊感を授かったという。

*26 太陽神。

*27 森と狩猟の処女神アルテミス(=ディアーナ)。

*28 酒神バッコスの別称。テーバイ創建の王カドモスの娘アガウエーは、周囲の女たちとともにバッコスに憑かれて狂乱に陥り、バッコスを蔑ろにした息子ペンテウスを八つ裂きにした。正気に戻って悔いたが、故国を逐われる身となった。

*29 田園の神格。

*30 木のニンフ。

*31 水のニンフ。

*32 トラーキアの歌聖オルペウスのこと。その歌は生き物ばかりか木石をも魅了したとされる。ヘブロス

は、トラーキアの川。

＊33　その実を食べると帰国を忘れる魔法の植物。英雄オデュッセウスはトロイアから故国イタケーへの帰国の途次、これを食すロートパゴイの国に立ち寄り、口にした仲間は帰国を忘れたが、オデュッセウスは無理やり船に連れ帰った（ホメーロス『オデュッセイア』九・八二以下）。

＊34　太陽神の息子パエトーンは、乗り込んだ太陽の馬車を御す力がなく、世界を太陽の炎熱で焼き尽くしかけた。それを防いでゼウス（＝ユッピテル）が雷電で撃ち落としたとき、パエトーンの死を悲しむあまり姉妹であるヘーリアデスはポプラの木に変身した。

＊35　アテーナイの英雄テーセウスの息子デーモポオーンは、トロイアに出陣し、その帰還の途中でトラーキアに立ち寄ったとき、女王ピュッリスから歓待を受けて関係を結び、また戻ると約束して帰国したが、約束の期日に戻らなかった。ピュッリスは待ち焦がれた末に自害し、その墓前に生えた木が定まったときに落葉によって悲しみを表したとも、死んで葉のないアーモンドの木に変身したあとにデーモポオーンが戻って、その木を抱くと木から葉が生じたともいう。ピュッリスの名は、ギリシア語で「葉」を意味する「ピュッラ」にちなむ。

＊36　農耕が始まる以前、人間はオークの実、つまりドングリを食べていたとされる。五穀豊穣の女神ケレース（＝デーメーテール）は、女神の秘儀が行われるアッティカの町エレウシースゆかりのトリプトレモスに空飛ぶ大蛇の戦車と麦の種を与え、世界中に配らせた。

＊37　黒海東岸の国コルキスへ金羊毛皮を求めて航海した英雄たちを乗せた世界最初とされる船アルゴー号は、テッサリアの松材で造られた。

＊38　ポプラがヘーリアデス（一二九行）の化身であるとしての言及。

＊39　ウェルギリウス『アエネーイス』三・一三以下では、トロイア王プリアモスの末子ポリュドーロスがトロイア陥落後に、それまで彼を預っていたトラーキア王ポリュメーストールに殺され、ミルテの茂みに

変身していたことが語られる。
＊40　カエルのこと。
＊41　写本の読み（aurae）は意味をなさないため、修正提案の読み（irae）に従った。
＊42　写本の読み（nescius）は意味をなさないため、修正提案の読み（nec senis）に従った。
＊43　冥界の暗闇。
＊44　ギリシア中央部の山。その西麓の町トラーキースの王ケーユクスは明星の息子とされた。
＊45　此岸と彼岸を隔てる忘却の川。
＊46　死者の霊を運ぶレーテーの渡し守。
＊47　復讐女神。
＊48　三つ首をもつ冥界の番犬。
＊49　悪の汚れがない黄金時代には神々は人間とともにあったが、時代が劣化して鉄の時代になると、神々の最後として「正義」と「信義」が地上を去ったとされる。
＊50　呪わしい暗闇の中で暮らすとされる伝説的な種族。
＊51　オートスとエピアルテースは、兄弟の巨人。海神ポセイドーンの息子で自分の伯父でもあるアローエウスを夫としたイーピメデイアがポセイドーンに恋して交わり、産んだ。兄弟は山を積み上げて天界に登ろうとして神罰を受けた。
＊52　ラートーナ女神を襲ったためにハゲタカに肝臓を啄まれる劫罰を受けている巨人。
＊53　冥界の川。
＊54　タンタロスのこと。ゼウス（＝ユッピテル）の子で、神々に息子ペロプスの体を切り刻んだ料理を食べさせようとして、いわゆる「逃げ水」の劫罰を受けている。
＊55　シーシュポスのこと。川神アーソーポスの娘アイギーナをさらったのがゼウス（＝ユッピテル）であ

ることを川神に話したため、岩塊を上り坂で押し上げる劫罰を受けている。

＊56　アルゴス王ダナオスの五〇人の娘たち。父の策略と指示によって、（ダナオスの兄弟で仲違いした）エジプト王アイギュプトスの五〇人の息子らとの婚礼の夜に（一組を除いて）花婿たち全員を殺害した。

＊57　二四八行以下は補って訳出したが、原文には目的語を支配する主語と動詞が見られず、それらを含んでいたと考えられる欠落が二四七行または二四八行のあとに想定されている。

＊58　黒海東岸の国コルキスの王女メーデイアのこと。英雄イアーソーンに裏切られたとき、彼とのあいだにもうけた二人の幼い息子を殺害した。

＊59　プロクネーとピロメーラーのこと。『キーリス』訳注＊91参照。

＊60　トラーキアの部族。ここではトラーキアと同義。

＊61　テーバイの支配権をめぐって争った末、刺し違えて果てたポリュネイケースとエテオクレースのこと。

＊62　至福者の霊が住む野。

＊63　冥界の女王。

＊64　テッサリアの町ペライの王アドメートスの妻アルケースティスは、夫に死期が迫ったとき、身代わりに死ぬことで夫の寿命を延ばし、そのあと英雄ヘーラクレースによって冥界から救い出された。カルコードニオンは、テッサリアの山。

＊65　英雄オデュッセウスの妻ペーネロペーのこと。英雄が留守にした二〇年のあいだ、イタケーを守った。彼女に求婚して英雄の館で我が物顔に振る舞った者たちは、帰国した英雄の強弓に射られて果てた。

＊66　オルペウス（前注＊32参照）の新妻エウリュディケーは、蛇に咬まれて死んだあと、冥界に降って歌の魅力で冥王ディース（二七一行）に願いを聞き届けさせた夫に従い、地上への道を辿ったが、途中でオルペウスが禁を破って振り返ったため、冥界に戻された。

＊67　冥界を流れる炎の川。
＊68　罪深い霊が住む冥界の奈落。単に「冥界」の意味でも用いられる。
＊69　二七八行からの紛れ込みと考えられる。
＊70　ウェルギリウス『農耕詩』四・四八八—四八九「彼は突然乱心に捕らわれた。愛ゆえに不注意になった。赦されるべき乱心だったが、死霊の世界は赦すことを知らなかった」。
＊71　アイギーナの王アイアコスが死後に冥界の判事となったことから、次行の言及がある。息子らのうち、ペーレウスは海の神格ネーレウスの娘（単数「ネーレーイス」（三四五行）、複数「ネーレーイデス」）の一人テティスを妻としてアキッレースをもうけた。テラモーンは、ヘーラクレースとともにトロイア王ラーオメドーンの欺瞞に報いてトロイアを陥落させたあと、王の娘ヘーシオネーを妻に迎え、テウクロス（アイアースと腹違いの兄弟）をもうけた。
＊72　写本の読み（ferit ast, feritas）は意味をなさないため、修正提案の一つ（serua ast）に従った。
＊73　アイアースとアキッレースのこと。以下、三〇四—三二二行でギリシア軍の艦船に火を放とうと迫るトロイアの総大将ヘクトールの猛攻をアイアースが押しとどめた次第が触れられ、ヘクトールをアキッレースが倒したことが三二三—三二四行で言及される。
＊74　写本の読み（in excisum referens）は意味をなさないため、修正提案の一つ（in ore ferens expressum）に従った。
＊75　ギリシア軍のこと。
＊76　小アジア北西部の地方だが、トロイアと同義で用いられる。
＊77　トロイアの別称。
＊78　「ギリシア軍」を表す古語。
＊79　写本の読み（uidere）は意味をなさないため、修正提案の一つ（truderet）に従った。

＊80 写本の読み（uagis）に従った。底本は「峰々において（iugis）」という修正提案を採用している。
＊81 写本の読み。修正提案「焼き払う」、「圧倒的な」、「音高く弾ける」など。
＊82 三一八行と三一九行の後半はテキストが乱れ、読むことができない。
＊83 火神。ここでは「火」の換喩。
＊84 トロイアのこと。創建の祖ダルダノスにちなむ名前。
＊85 アキッレースはパリスの矢に倒され、アイアースはアキッレースの武具の所有権をめぐるオデュッセウスとの争いに敗れたあと、自害した。なお、「武具をめぐって」は文法的に連接しない写本の読み（arma）を補って訳出した。
＊86 オデュッセウスの父。
＊87 オデュッセウスは、ディオメーデースとともに夜の偵察に出たとき、トロイア側から同様の任務で出たドローンを捕え、それがトロイアの草を食べればトロイアは安泰という運命の馬を率いてトラーキア王レーソスがトロイア加勢にやって来るという情報を得ると、ドローンもレーソスも殺害し、馬を奪った。また、それがあるかぎりトロイアは安泰という運命のパッラス女神像パッラディオンをトロイアの城塞から盗み出した。
＊88 トラーキアの部族。彼らとの戦いでオデュッセウスは大勢の仲間を失った。
＊89 人食い巨人の部族。
＊90 『キーリス』五七行以下参照。モロッシア犬は、番犬として飼われる大型で獰猛な犬種。
＊91 『アエトナ』訳注＊17参照。
＊92 メッシーナ海峡に棲む渦潮の怪物。
＊93 ギリシア軍の総大将アガメムノーンのこと。タンタロス（前注＊54参照）は、アトレウスの祖父にあたる。

＊94　本来はギリシアの一種族ないし一地方の名称だが、ここではギリシアと同義。
＊95　トロイアのこと。エリクトニオスは、トロイアが名をちなむ王トロースの父。三〇行に出る同名のアテーナイの王とは別人。
＊96　現在のダーダネルス海峡だが、このあと三五四行以下でも語られるように、ギリシア軍船艇が帰国の途次に難破したエーゲ海を指して使われている。
＊97　前注＊71参照。
＊98　次行の「エウボイアの断崖」と同じ。小アイアースがカッサンドラーを凌辱した罪に対して女神アテーネー（＝ミネルウァ）がこの沖で船を難破させた。
＊99　ローマ史を彩る名門。特に、第二次ポエニー戦争においてハンニバルに持久戦で対抗したクイントゥス・ファビウス・マクシムス・クンクタートルが有名。
＊100　プブリウス・デキウス・ムース同名父子への言及。父は家系最初の執政官（前三四〇年）で、三年後にラテン人との戦闘中に落命。子は前二九五年に四度目の執政官を務めたが、サムニウム、ウンブリアの同盟軍との戦闘中に死んだ。
＊101　プブリウス・ホラーティウス・コクレスは、共和政最初期の英傑。ローマ第七代の王タルクイニウス・スペルブスが暴政のために追放されたあと、エトルーリアの町クルーシウムの王ラルス・ポルセンナと組んでローマを包囲攻撃した際、カピトーリウム直下のティベリス川にかかるスブリキウス橋を敵が渡れないように、味方が橋を切り落とすまで進軍を食い止めた。
＊102　前三九六年をはじめとして五度独裁官を務めたとされる将軍。特に、前三九〇年にローマを占領したガッリア軍を撃退したことで有名。
＊103　前三六二年、中央広場の中央に大きな穴ができたとき、ローマでもっとも貴重なものを投げ込め、という神託を聞いたマルクス・クルティウスは、それが武具と勇気であるとして自身を馬とともに穴に投じ

たとされる。この穴がクルティウス湖になったという。

＊104　ガーイウス・ムーキウス・スカエウォラ。ローマを包囲したエトルーリア王ポルセンナ（前注＊101参照）に対して、その陣営に単身紛れ込んで殺害しようとしたが、王と同じ服装をした書記を刺して捕まったとき、王が火あぶりで脅すと、みずから右手を火中に突き入れた。これに恐れをなした王は、スカエウォラを解放し、ローマと講和を結んだ。

＊105　マーニウス・クリウス・デンタートゥス。前二九〇年、最初の執政官のとき第三次サムニウム戦争を終結に導いたが、その際、サムニテス人の黄金による籠絡の試みをはねつけた。

＊106　同定が難しい。前二一七年の執政官で、トラシュメンヌス河畔の戦いでハンニバルの前に敗死したガーイウス・フラーミニウスが思い浮かぶが、不首尾の先例であるので文脈に合わない。「カエキリウスは自分の目を（Caecilius lumina）」と読んで、前二四一年の大火の際に失明しながらウェスタ聖堂から女神像を救い出した大神祇官ルーキウス・カエキリウス・メテッルスとする修正提案もある。

＊107　次行の「スキーピオー家の将軍たちは」が原文では文法的脈絡を欠いているので、それを補う詩行の欠落が想定されている。

＊108　第二次および第三次ポエニー戦争でそれぞれ勝利を収めた、いわゆる大スキーピオーと小スキーピオー。

＊109　クレータ王ミーノースは、死後にアイアコス（前注＊71参照）とともに冥界の判事となった。

＊110　写本の読み「それでも、おまえは道すがら（tamen ut uadis）」は「それでも」が脈絡にそぐわないため、修正提案（mane ut uades）に従って訳出した。

＊111　ヒアシンスは、スパルタの美少年ヒュアキントスの化身とされる。ミルテについて「スパルタゆかりの」と言われる理由は不明。

＊112　シュリアの北に位置する属州。その中の町コーリュコスはサフランの栽培で知られた（『マエケーナ

ースに捧げるエレゲイア』一三三参照）。

＊113　月桂樹は、ポイボス・アポッローン神に愛されたニンフのダプネーの化身とされる。月桂冠は競技祭優勝者に栄誉のしるしとして授けられた。

＊114　サビナ、またはサビナビャクシンとも言う、ヒノキ科の低木。

＊115　スイセンは、水面に映る自分の姿に恋して実らぬ思いの果てに身を滅ぼした美少年ナルキッソスの化身とされる。クピードーは、ギリシアのエロースに相当する愛神。

アエトナ

私[*1]はアエトナを、うつろな火炉から噴き出す炎を、
あれほど力強く火の玉を繰り出す原動力は何か、
何が統御を嫌って怒号を上げ、何が轟々と噴石を飛ばすかを
歌おう。恵み深き神[*2]よ、どうかここへ来て、私の歌をお導きください、
キュントスにいらしても、デーロスよりヒューレー[*3]がお気に召しても、
ドードーネー[*4]がお気に入りでも。あなたとともに好意をお示しくださる
姉妹神[*5]をピーエリアの泉から急がせてください。それで新たな
試みが叶います。不慣れな道もポイボスの案内があれば安心して進めます。
王神が憂いなく治めた黄金時代を誰が知らないだろうか[*6]。
そのとき、誰一人として土地を開墾して穀物の種子を蒔くことも、
作物から雑草の害を防いで生育させることもしなかった。
毎年、溢れるほどの収穫が穀倉を満たした。
バッコスの恵み[*7]が踏み潰さずとも流れ、ハチミツがしっとりした

葉から滴《したた》り、パッラス[*8]が濃厚なオリーブ油を
精選して川のように注ぎ出した。このとき、田園は無償の好意を示した。
誰にも自分の時代をよりよく知ることは叶わなかった。
誰が語らずにいたろうか、最果てのコルキス人の地で戦った若武者たち[*9]のことを。
誰が嘆かずにいたろうか、ペルガマにアルゴス勢の火[*10]が
かけられたこと、悲しく息子らを弔う母親のこと、
日輪が顔を背けた[*11]こと、蒔かれた歯が種子になった[*12]ことを。
誰が悲しまなかったろうか、約束に背いて偽りを知らせた船[*13]のこと、
人影の消えた浜辺に置き去りにされたミーノースの娘のことを。
物語はどれもみな一昔前の歌に歌い古された。
　もっと力強く私の胸は未知の事柄に思いを馳せる[*14]。
いかなる動力がかの大活動を生み、いかなる大きな……が絶えず[*15]
……
火炎の隊列を密に組み、地の底から岩塊を
耳をつんざく轟音とともに突き上げつつ、近くにあるものすべてを
火砕流で焼いていくのか、このような歌に私の心は向かう。
　まず言おう。詩人たちの創作に騙される人があってはならぬ。

彼らの曰く、あれは神々の住まい、膨れた顎《あぎと》から炎を
噴き出すのはウルカーヌス[16]、反響音は神が洞穴に籠《こも》って
急ぎの仕事をしているのだ、と。神々はそんな卑しいことを
手がけない。罰当たりだ、星の高さにいる神々を最低の職人に
貶《おとし》めるのだから。神々は天界を治めている。至高の世界に
君臨しているのだから、職工の労役に手をつけはしない。
　この最初の話は次の話と食い違う。詩人たちは
あの火炉を使ったのはキュクロープス[17]たちだと語るのだから。
力強く鉄床《かなとこ》の上で拍子よく打ちつける
大きくて重い金鎚の下で恐るべき雷電を鍛え、
ユッピテルの武器とすると言うが、裏づけのない見苦しい歌だ。
　その次は、アエトナの頂きの活発な火炎に
プレグラ[18]での戦いでけちをつける不遜な話だ。
かつて非道な挑戦があった。蒼天から星々を
打ち落とそうとした巨人族は、ユッピテルの捕獲、版図の
塗り替え、征服した天界への法律発布を画した。
この種族は、腰までは人間に生まれついているが、地面に下ろす脚は

鱗に包まれた蛇で、うねうねととぐろを巻いている。
大山《たいざん》が大山[*19]の上に組み上げられて戦闘のための土塁をなす。
ペーリオンにオッサがのしかかり、オッサの上高くにオリュンポスが立つ。
いまや積み上がった巨大な高みへ力いっぱい登ろうとする。
不遜な軍勢が怯《おび》える星々を間近の戦いへと
挑発する。敵意をむき出しにすべての神々を戦闘へと
挑発する。なすすべのない[*20]星々のあいだを軍旗が進んだ。
天界から迎え撃つユッピテルも恐れを抱きつつ、閃《ひらめ》く右手を
雷火で武装すると、宇宙を闇の奥に退避させる。
まず巨人族が怒濤の喊声とともに攻めかかると、
これに対して父神が轟かす雷《いかずち》の大音響は二倍に高鳴る。加勢する
風たちが一斉に四方から入り乱れて爆音を上げるからだ。
雨あられと突き抜けてゆく雷電に雲が肝を潰した。
他の神々も戦争遂行のために各々もてる力を
持ち寄って協力する。はや、父神の右脇をパッラスが、
左脇をマールス[*21]が固めた。はや、残りの大勢の神々も
左右両翼の位置につく。このときユッピテルが強力な雷火を

爆裂させれば、山々は崩れ落ち、雷電が勝利をもたらす。[22]
そのあとはもう、なだれを打って敗走に転じるばかり。
神々に歯向かった戦列、不遜な敵は
総勢一散に追い立てられる。地母神も倒れ伏した子らを
押し戻そうとするが、勝負はついていた。このとき宇宙に平和が戻った。
このときバッコスが静まった星々のあいだをやって来た。天界と
守り抜かれた宇宙の光輝が、いまや星々に戻っている。
ユッピテルはアエトナの下へトリーナクリア[23]の浦で死の淵にある
エンケラドスを埋めた。この巨人が山のとてつもない重みの下で
うごめき、その喉からずぶとく炎の息を吐き出している。
　これは間違いだらけの噂が勝手気ままに世間に広めた話だ。
詩人たちには確かに才能がある。だから、歌が声高にもてはやされる。
舞台の演目は、どれもたいてい眉唾物だ。詩人たちは
見たことがあるように歌う、大地の下に住む黒い霊たちのこと、
死者の灰に包まれたディースの青ざめた王国[24]のことを。
ステュクスの川波も番犬[25]も詩人たちの嘘だ。
こちらの詩人はティテュオス[26]にぶざまな大の字にのされる罰を科した。

あちらの詩人はタンタロス[*27]のまわりに罰[*28]を並べて苦しめ、
喉の渇きで苦しめる。ミーノースやアイアコス[*29]が亡霊たちに下す
裁きを歌うかと思えば、イクシーオーン[*30]の車輪を回す。
地中のものならなんでもござれだが、偽りは大地がよく承知している。[*31]
だが、大地だけではまだ足りない。神々の御稜威《みいつ》を覗き見する。
恐れ知らずにも、部外者禁制の天界に目線をこじ入れる。
彼らは神々の戦争を知っている。よく知っている、われわれに隠された
同衾のこと、幾度も偽りの姿で過ちが犯されたこと、
エウローペーには雄牛となり、レーデーには白く輝く鳥となった
ユッピテルがダナエーには高価な雨となって降り注いだ次第[*32]を。
詩歌にはこれぐらいの自由が保障されねばならない。だが、私が
心血を注ぐのは、ただ真実のみ。私は歌おう、いかなる運動が熱く
アエトナを滾《たぎ》らせ、飽くことなく新たな火焔を蓄えさせるのか[*33]を。
　どこであれ、地球の計り知れない広がりが延び、
海辺に寄せる弓なりの波に囲まれたところの
すべてが固く締まってはいない。どこにも空隙が横たわり、
どこにも地面の裂け目がある。奥深い穴に隠れた先へ

細い懸崖の道が続く。ちょうど動物の
体のいたるところに迷路のように血管が縦横に走っているよう。
伝って流れる血の一滴一滴が命をつなぐ。
そのように大地は吸い込んだ空気を空洞に行きわたらせる。
そうでなければ、きっと、その昔に宇宙の総体が分化して
海と陸と星空になり、天界が区分の
第一、海が第二を占めたとき、陸地は最下層に沈んだが、
窪みがねじれてひび割れしたのだ。それはちょうど築山《つきやま》を
高く積み上げるとき、不揃いな岩石を段取り悪く重ねたよう。
内側のあちこちにいくつもうつろなカリュブディス[*34]ができ、
互いに寄りかかっている。大地にもまた同じような形に
隙間が生じ、細い道ができる。全体が密ではない。
ぎっしり詰まってはいない。さもなくば、その起源ははるか昔、
まだ大地の形が生成せず、自由に入り込んだ空気の流れが
逃げ出すときに道を通したか、あるいは、水が絶え間なく
浸食して泥土を作り、前を遮《さえぎ》るものを密《ひそ》かに柔らかくしたかだ。
あるいはまた、閉じ込められた熱気が固い地面を打ち破り、

火が進む道を求めたか、あるいは、これらすべての力が各自の
持ち場で戦ったかもしれない。ここで不明を悲観する理由はない。
原因の探究を続けさえすればよい。誰が信じないだろうか、空虚な
深淵が地の底にあることを。かの大噴泉が湧き出ては、
いくたびも空隙の底深くへ[*35]沈むのを見ているのだから。
その淵源が細流のはずがない。[*36]必然的に、それに見合うように
水流が集まるには、八方にちらばった水脈が呼び寄せられねばならない。
強力な流れに結集するには、豊かな水源がなければならない。
実際また、広い川幅の大河が
地下に消えた例もある。それは深淵に
呑まれ、真っ逆さまに運命の喉の奥に沈んだか、
そうでなければ、暗い洞穴に隠れて姿が見えないまま流れたのち、
不意に離れた場所で表に現れ、再び流れ始める。
その点で、大地が別に水路を通していなければ、
水流を歓迎する通り道がなければ[*37]、間違いなく決して
噴泉と河川の道筋はありえない。大地はけだるくなる。
固く締まった塊りとなって無精な重みの下で動きをなくすだろう。

だが、川が大地の淵に隠れる場合、
隠れたあとに再び現れるにせよ、ときに気づかれずに湧き出すにせよ、
驚くことはない。封じ込められた風の場合も自由をもたらす
通気口がどこかに隠れているから。これが確かだという証拠を見せよう。
目をくぎ付けにする証拠だ。これから大地が順番に示してくれる。
たいていの人には、計り知れない深み、広大な土地が底の底まで
削り取られて漆黒の暗闇に覆われた場所を
目にする機会がある。どこまでも混沌とした、際限のない崩落だ。
また、森の中で目にしないだろうか、奥までゆったり広い獣のねぐら、
深く潜り込んだ隠れ場所となるようにくり貫かれた洞穴を。
作用が進んだ道筋は見つかっていない。ただ、外へ流れる……[*38]
未知なる深奥について真の根拠を得ようとするなら、
精神の導きに従って精妙な探究に取り組み、
明白な事柄から陰に隠れたものの正体を暴き出せばよい。
火が自由に動こうとして気炎を上げるのも、
風たちが怒りをつのらせるのも、閉じ込められたときのほうが激しいから、
地下の奥底ではいっそう大きな変動を起こさずにはいない。

いっそう勢いよく束縛を解こうとし、いっそう強く障壁を払おうとする。
それでも、固くて動かぬ通路が出口にはならない。封じ込まれていた
空気と炎の力は手近の弱いところを突き進む。
囲みのもっとも脆弱なところを斜めに切り進む。
大地がこのために震え、このために動く。圧縮された空気の流れが
暴れて通り道を開こうとし、踏ん張りのないところを押し込むからだ。
　だが、大地が濃密で、どこも固く動かぬものであるなら、
自身の驚異の景観を披露することはないはずだ。
ただじっとして、不動のまま重い塊りであるはずだ。
だが、ひょっとすると、地表の原因が作用して
この大運動が起き、地表に力の糧があるという考えもあるかもしれない。
このあたりでも大きな開口部や深々とした陥没がすぐに見られるからだ。
しかし、その考えは誤りだ。問題はまだ明白に解決していない。[*39]
どこでも口を開けた空間に向かう空気の勢いは全力だが、
いったん中に入ると、それが緩む。進路が開けると
一転して力が抜け、覇気を失う。
というのも、風を押しとどめたり、滞るのを急《せ》き立てるものが

空間にはないのに、風の動きは鈍るからだ。あの大深淵なら
あちこち気ままに展開できるのに、入り口に立ったとたんに止まる。
風を暴れさせるには隘路に入れる必要がある。
密集して押し合いへし合い、動きが熱を帯びる。
東風と北風を南風が押したが、今度は南風を東風と北風が押す。
ここから風の狂乱が生じ、そのために残酷な裂け目とともに揺れるのだ、
地面の基盤が。町々がぐらつき、慌てふためくのは
このためだ。そう信じて罰が当たらないなら、これ以上に宇宙が
いにしえの姿に戻ることを真実として示す兆《きざ》しは他にない。
　さて、[40]そもそも大地の形状と性質がこのようであるので、[41]
地表に動きが見えないあいだに内部に八方から通路を引くことを[42]
アエトナもなし、自身について真実にもっとも近い確証を明示している。
そこでは、私の案内に従うなら、隠れた原因を詮索せずともよい。
原因のほうから目の前に現れて、それらを認めさせずにはおかない。
なぜなら、あの山こそ数知れぬ驚異の展示場だからだ。
こちらで広大な入り口が恐ろしげに深い底へ降っていると、
そちらでは手足のように伸ばした山裾がずっと奥まで燃えたぎっている。[43]

あちらでは、ぶ厚い岩壁が立ちはだかる。無秩序がはなはだしい。
岩と岩が多彩な造形を結び、そのまわりを囲んで
185 火に屈服した岩もあれば、耐火を強いられた岩もある。
「それでいっそう壮大な景観となり、空虚なものとは思われない。[*44]」
187b これこそ神聖な造形の形姿と本拠。ぜひとも訪ねるべきだ。
187 これが、あの山の座す場所、かの偉大な事象の拠点だ。
　いま求められる仕事は燃焼の匠《たくみ》と原因を語ること。[*45]
その原因は微に入り細を穿たずとも見分けられる。[*46]
190 無数のことが瞬《またた》く間に真の原因を示してくれよう。
事実を目にすれば了解される。事実そのものが信じることを強いる。
むしろ、触って感得すればいいのだが、触れて無事には
すまない。炎が阻む。火が見張っている。
だから、かの山の活動には近寄れない。万事、神の
195 「それでいっそう壮大な景観となり、空虚なものとは思われない」
配剤は目撃できない。すべてはただ遠くから見ることになる。
それでも疑いはない、何がアエトナの内懐を苛《さいな》んでいるか、
かくも偉大な芸術を指揮する驚異の工匠が誰であるかについて。

球形をなして走る焼けただれた砂塵の黒雲、
火を噴いて突き進む大きな塊り、底の底から覆《くつがえ》る
地盤、アエトナ全山に弾ける轟音、
黒い溶岩流と混ざりながら白く燃える火。
ユッピテルでさえ、偉大な火に遠くから驚きの目を向ける。
新たな巨人族が蜂起して、一度は葬り去られた戦争を起こさないか、
ディース[*47]が自分の王領を恥と感じてタルタラから天界に
移ろうとしないかと、身を潜めてひどく怯える。外側はすべてが
岩石と粉々に崩れた砂の堆積に覆われている。
それはひとりでにできあがってはいない。また、堅牢な構造物による
強力な支えがなければ崩落する。すべてを
かき回して混乱させるのは風たちだ。容赦なく渦巻き、
回転によって固く凝縮させた塊りを深奥から巻き上げる。
これが原因で火砕流が山を走ることは予想できる。[*48]
風は吹きつのるとき「息吹き」、吹きやむとき「空気」と呼ばれる。
それ自体ではほとんどなにも威力を揮《ふる》うことがなく、つねに
脚が速く、絶えず動いているのが火の性質だ。

構造物を押しのけるには協力者を必要とする。いかなる
動力も火そのものにはない。息吹きが命令を下す場所で服従する。
息吹きが将軍で、この偉大な指揮官のもとで火は軍務に就く。
　さて[*49]、活動と土の性質は自明であるので、問うべきは、
他ならぬ風はどこから来るのか、何が燃料となって燃えるのか、
突然抑え込まれるとき、いかなる原因が内在して沈静[*50]するのか、だ。
順次、答えよう。計り知れない大仕事だが、収穫も大きい。
仕事にかける手間に見合う報酬が待っている。
家畜なら驚異のことどもを目で見守るだけでよい。
地面に寝そべって重い体のために餌を食《は》んでいればよい。
だが、事象の真相、疑わしい原因を検証すること、
才能を聖別し、頭を天界へ昇らせること、
大宇宙にはどれだけの数、どのような活動的元素があるかを
知ること——それらが死滅を恐れているか、数世紀存続するのか、
その機構は永遠の鎖でしっかり固定されているのか——、
太陽の律動を、また、月の軌道がそれよりどれだけ小さいかを知ること
——月が短い走路を一二度周回する一方で、

太陽の行程は一年だ――、どの星の進みが一定の
原理に従い、どれが無秩序に本来の周回路からそれるか、
さらに星座宮の交代と言い伝えられた法則を知ること
（つまり、六つが夜に足早に去り、同数が朝の光とともに戻ること）[*51]、
なぜ雲を呼ぶパトネー[*52]が雨を予告するのか、
いかなる火がポイベー[*53]を赤く染め、どんな火が兄神を白く光らせるのか。
なぜ一年に季節の変化があるのか――初々しい若さの春が
なぜ夏に萎《しお》れるのか。なぜ夏も衰え、
秋のあとに忍び寄る冬によってひとめぐりし、もとへ戻るのか――
ヘリケー[*54]の極を知り、陰鬱な彗星を認めること、
明けの明星がどこから、宵の明星がどこで、牛飼い座がどこから輝くか、
どれがサートゥルヌスの滞る星[*55]か、どれが戦い好きのマールスの星[*56]か、
どの星を見て船乗りが帆をたたみ、どの星を見て帆を広げるか、
海の通い路を知り、天の走路を前もって学ぶこと、
どこへオーリーオーンが急ぎ、どこをシーリウスのしるしが脅かすか、
この大宇宙に存在するかぎりの驚異を
ただ積み上げたままにも、事象の堆積に埋まったままにもせず、

画然と認識し、一つ一つ定まった位置に
250 配置すること、これらのことこそ、心に適う神々しい喜びだ。
　しかし、人間がまず先に心を向けるべきは大地の学問、
自然が生んだ数かぎりない驚異を観察することだ。
こちらのほうが天上の星々よりわれわれに縁が深い。
死すべき人間が何を期待して、大それた狂気の沙汰に及ぶのか、
255 ユッピテルの王領の中をさまよって神々を探索し[*57]、
かの偉大な造形が足元にあるのに、むざむざ目もくれずに素通りするとは。
257 われわれは情けなくもちっぽけなことで身を削り、苦労に押しつぶされる。
276 重箱の隅をつつき、底の底まで一切をひっくり返す。
277 探すのは銀の種子、金の鉱脈だ。
278 大地は炎で身を削られ、鉄に征服されて、
258 ついには身代金で己が身を贖《あがな》う。本当のことを告白したあと、
ようやく価値を落として押し黙り、財を失って見捨てられる。
260 夜も昼も畑には農夫らが駆けつける[*58]。
野良仕事は手にまめを作る。われわれは土壌の特性を考量する。
肥沃で穀物生産に向くものもあれば、ブドウに向くものもある。

挿し枝によい土、野菜に最適の土地もあり、
固くて、牧畜に適切で林業を裏切らない土壌もある。
乾燥気味の土地にはオリーブを育て、湿潤気味ならニレの木が
喜ぶ。心身ともに痛いまでに小さなことに配慮する。
穀物倉を溢れさせよう、瓶《かめ》が膨れるぐらいブドウ汁で満たそう、
野原から刈り取ったいっぱいの干し草で納屋の屋根を押し上げようと、
貪欲な者たちはつねにもっと高価だと目をつけたところへ向かう。
人はそれぞれ身の丈いっぱいに立派な学芸を備えるべきだ。何が
精神の果実、何が世の中で最大の逸品だろうか。
それは大地の潜みに自然が何を閉じ込めているかを知ること、
偽りなく仕事をすること、言葉を失ってただ人を寄せつけぬ
アエトナ山の唸《うな》りと猛然たる怒気に目を瞠《みは》るのではなく、
突然の轟音に青ざめるのではなく、天上の神々が地下に
移り住んだとかタルタラが地面を破り出るなどと信じるのではなく、
何が風を差し向け、何が風の兵糧となるか、
突然の静穏、暗黙[*59]の平和協定は何が原因であるかを知ること。
怒気がどこまでも大きくなるのだろう[*60]。それはたまたま窪みに

入り込むだけで生じるのか、それとも、大地がまばらに開いた
微小な風穴から稀薄な空気を引き込むからか
――これは十分ありそうなことだ。山の峰が切り立って
左右から敵意むき出しの風にさらされるので、
八方からとりどりの風を迎え入れざるをえず、
風たちが心を合わせて共謀すれば強力になるから――、
それとも、雲や雲を呼ぶ南風が内部に追い込むからか、
それとも、それらがたまたま頂上を旋回してから背後に進むと、
土砂降りの雨音激しく豪雨が襲い、淀んだ空気を
駆り立て、打ち叩いて、凝縮させるからか。
それはちょうど、空に[*61]トリートーン[*62]の妙なる調べが長く響くよう。
動力に大量の貯水とそれに押されて生じる
空気圧を使い、ラッパがその音を長々と響かせる。
また、大劇場に水力の演奏を聴かせる大釜[*63]のよう。
異なる音程の筒から相和した調べを奏でるのは演奏者の技術、
稀薄な空気を送り込みながら、櫂《かい》で漕ぐように水中に動きを生じる。
まさにそのように奔流に押しのけられた空気が荒れ狂い、

300 狭隘な場所で抗うと、アエトナに大音響が弾ける。
301 [*64]風の生じる原因は確かにある。信じるべきはこうだ。
303 物体が密集して互いに押し合いへし合いすると、混雑と
衝突を避けて空いている場所へ向かうことになり、一緒に隣りのものも
305 勢いの道連れにして引きずりながら安全な場所に落ち着くのだ。
しかし、ひょっとすると私と異なる見方をして、
風が起きるのは他の原理からだと考える人もあるかもしれない。
308 けれども、断崖とその奥の陥没があることは疑う余地がない。
302 地下のものも、われわれが地上で見るものと同様、
309 崩れ落ちるときに轟音が響き、崩落が近辺の
310 空気に衝撃を与えて追い散らし、それで風の勢いが増す。
水分をたっぷり含んだ霧からも風が吹き出す。
それは川の水が氾濫した野原や農地などでよくあることだ。
谷あいから吹き上がった空気がどんよりした雲をかける。
微風が小川に運ばれるあいだに、もうほとんど強風の勢いになる。
315 それが遠くから吹きつける水分に打たれるうちに力強くなる。
そこで、広い空間でもそれだけ大きな力を水滴が秘めているとすれば、

地下の閉じた場所では必然的にいっそう効力を発揮する。
　これらの原因は地上でも地の底でも働く。圧力が
風を巻き起こす。風は隘路で争い、窮屈な
争いは途上で行き詰まる。それはちょうど、波が深みから
三度四度と引き上げられ、鈍重な東風をたっぷり吸い込むときのよう。
波浪が倍加し、先頭の波のすぐあとに最後尾が迫る。
そのように、打撃を身に受け、衝突で圧縮された
炎の息吹きは自重によって勢いを帯びながら、
密に詰まった塊りを燃えさかる動脈を通して推進させる。
それは道があればどこでも突進し、滞るものを追い抜きながら、
ついには、消火ポンプのような気流の束に押し出されて
飛び出す。アエトナ全山に怒り狂う炎となって噴出する。
　だが、ひょっとして風が同じところを駆け下る、
押し出されたのと同じ気孔を戻ると考える人があっても、注意すべき
事象に目を向けるよう当の現場が示して、否定せざるをえなくなる。
どれほど青空が天高くまで澄みわたる輝きを見せ、
金色の光芒を放つ日輪が空を赤々と染めて昇っても、

あの地域にはつねに暮色蒼然とした雲が
どんよりと泣き出しそうな顔のまま、身じろぎもせずにあたりを包み、
上空から山の活動と巨大な火口を見守っている。
その雲にアエトナは目もくれず、熱の放射で断ち切りもしない。
雲は微風の吹くまま従順に行きつ戻りつする。
香を捧げて神々の御稜威《みいつ》を宥《なだ》める人々の姿も
山頂に見ることができる。それはあますところなくアエトナの
内部、かの大変動の源泉を覗ける場所であったりもする——
ただし、火口の底がおとなしく、火焔を掻き立てるものがないときだ。
これを根拠に、こう見て取れる。かの「息吹き」の奔流は[65]
岩壁や大地を巻き上げ、雷電のように炎を降らすが、
いったん力を制御し、急遽手綱を締め直したときには、
とりわけ自重のために自然に落下するような物質を
弓なりの頑丈な斜面からはぎ取って破砕することは決してない、と。
私に勘違いがあるとしても、見た目は正しい[66]。あれだけ大きな崩落の
勢いがあると、目を凝らしていても捉えきれずに見逃してしまう。
火口のそばに立っていても[67]、微風に打たれも動かされもせずに

一同は清水で浄めた手で神聖な炬火を振るう。
それでも微風は顔に当たっている。押された物質がわれわれの体に
ぶつかっている。動因があまりに微細な場合は動力を排除する。[*68]
灰も、軽い藁も、乾いた草も
そよがず、細かなもみ殻も揺れぬ平穏このうえない[*69]風がある。
薫香漂う祭壇から煙が空高くへ昇る。
それほどの静穏と、劫略の害と無縁な平和がその風にはある。
　それゆえ、手を結ぶ動因が外部のものにせよ、内部のものにせよ、
風の息は力をつけ、その勢いは炎と
山の一部を黒い砂に包んで運ぶ。
巨石が巨石と衝突して激震と轟音を引き起こしながら、
燃えさかる火焔と雷光とともに弾ける。
それはさながら、森が南からの暴風によって倒れたか、
北風を受けて轟々と唸るよう。木々の腕と腕が結び目を作って
絡み合い、連なった枝を火の手が這う。
愚昧な俗衆の嘘に騙されてはならない。
彼らは、懐中の蓄えを使い果たすと休むが、時間が経てばまた

力を取り戻し、敗北後の再戦を始める、などと言う。
筋違いの考えを追い払い、嘘つきの噂を振り捨てよ。
神々しい事象がそんなふうにいじましく窮乏はしない。
わずかな助力も哀願せず、少しの空気も懇願しない。
働き手は揃っている。群れなす風たちがいつでもいるのだ。
通り道を遮断し、滞留を強いる原因が何かは分からない。
よくあるのは、隘路の上に崩れた土砂が重なって大きな
堆積をなすと、道が塞がれ、その下でもみ合いになる場合だ。
あたかもぶ厚い屋根のような重みをかけられて、
風はふだんに似合わず穏やかに流れる。このとき山は冷え切って
不活発になり、訪れる人も無事に帰路につける。
風は、いったん静まりかえったのち、間をおいていっそう速く迫る。
立ち塞がる大きな壁を押し、縛《いまし》めを断ち切る。
何が前を横切っても、打ち壊して前進する。衝突がいっそう激しく
勢いを高める。大劫略の仕事にかかった
火焔が閃《ひらめ》きながら突き進み、広く一帯の農地に溢れ出る。
そうして風は長い休憩ののち、再び舞台の幕を開ける。

さて、[*70] 残る課題は燃焼を導く原料をことごとく示すことだ。
火焔を呼び出す燃料は何か。何がアエトナの食糧なのか。[*71]
そうした原因として、燃焼しうるものに固有の
原材料と、発火しやすく燃えやすい土壌がある。
一方に、絶え間なく熱く燃える液状の硫黄があり、
他方に、高濃度のミョウバン液の供給もある。
油脂に富む瀝青や、その他なんでも近寄ると激しく
炎を燃え立たせるものがある。それがアエトナの組成だ。
こうした原材料の動脈が山の内奥部を縦横に走っていることの証拠に、
それらの溶け込んだ水が山麓でも吐き出される。
肉眼ではっきり見えるものもある。しっかりと固い
石だが、油脂の液を含み、高温で燃焼する。
さらに、種々の名前もないような岩が
全山にあって、これらは液化する。それらにこそ、火焔の番をする
真に堅実な役割が与えられている。だが、かの噴火の
最大の原因は溶岩だ。われこそはアエトナの領主と主張している。
それを一つ手に取って硬さを確かめてみるとよい。

高温になるとも、火をまき散らすとも、とても思えないだろう。
だが、鉄で調べれば、たちまち答えが出る。打たれた
痛みで火花が飛ぶ。これを燃え上がった火のあいだに投げ込み、
無理やり意地を捨てさせて、硬さをはぎ取ってみるとよい。
鉄よりも速やかに溶けるだろう。それは変成しやすく、
危害を恐れる性質があるため、火の言うなりになるからだ。
だが、いったん火焔を吸い込むや、吸い込んだ火をこれより安全に
守れる家はない。炎の切っ先をしっかり保管し、硬く
閂《かんぬき》をかけて裏切らない。[*72]一度屈したあとは、それほど辛抱強くなる。
決して荒々しい力を手放すことはない。火を吐き尽くすことはない。
全体が厚い芯を隙間なく詰めた枢《くるる》[*73]のようなもので、
中で養う火焔を引き込む道は細く、
内に孕んだものを放出するときもやはり、のろのろ、もたもたする。
けれども溶岩は、山の大部分を占めるという、ただそれだけのことで
噴火の要因を握って勝ち誇るのではない。まさしく
驚くべきは溶岩の活性、勇ましい勢いだ。
その他の火の糧《かて》となる燃料はなんであれ、

いったん燃えてしまうと死に絶える。なにも残らず、
もとには戻らない。それはただの灰、火種を孕まぬ土だ。
対して溶岩は忍従を重ね、千の火を
吸い込み終わると勢力を復活させ、とどまるところがなくなる。
芯が燃え尽きて無力になった軽石が
灰と化し、もろく崩れ散って砂塵となるまで続く。
場所による違いも見ておこう。よく似た火口のそばに立つと、[*74]
そこには天然の燃料がより豊富に溜まっている。
だが、この種の岩は――一番明確なしるしは、その色だ――
補給をつなげなかったために火が立ち消えた。
かつてアエナーリアが不意打ちを食らわすように燃え上がったというが、[*75]
いま火は消えている。別の証拠としてネアーポリスと
クーマエのあいだの地域[*76]がある。熱が冷えてすでに多年を経たが、
絶えることなく大量の硫黄が噴出している。
取り集めて売り物にするほど、アエトナより多産だ。
その形からロトゥンダという名前のついた島[*77]は
硫黄だけでなく瀝青でも肥えた土地だ。

岩も発火しやすく、噴火に寄与する。
しかし、噴煙はまれで、発火してもなかなか燃え上がらない。
燃料補給に限りがあり、炎が短いあいだしか続かないからだ。
補給が続くのはウルカーヌスの名前を冠する神島のみだ[78]。
だが、噴火はほとんど沈静し、大海原で
翻弄された船団を迎え入れて、港で保護している。
残る面積はずっと小さくなり、燃料が十分豊かな土壌ではあるものの、
威力はアエトナとは比べようもない。
けれども、この島の噴火ももうとっくに消えていたはずだが、
近くにあるシキリアの山が密かに燃料や可燃材の
供給を絶やさなかったか、地下経路を通じて
縦横に風を送ったかして、火焔を養った。
　しかし[79]、もっとよい事例がある。濁りのない目で検証されて
証拠を示し、見た者を誑《たぶら》かしもしない。
アエトナの山腹の周囲や麓では
白熱した岩が湯気を立てていて、散乱した石片は
活力を失うので、それを紛れもない証しとして信じられる、石目に

糧を蓄える溶岩こそ噴火の原因である、と。
ものに飢えた火は溶岩の空隙に集まるのだ。
溶岩は集めた火焔を放出する。放出と同時に
燃料に点火し、自身ともども熔解させる。
われわれが目にする外観は驚くにあたらない。
活動が弱まれば、流れが止まり、その場での燃焼がいっそう進む。
溶岩は近辺をいっそう燃やして蝕《むしば》み、
すぐに火焔が燃え上がる確かな前兆を示す。
溶岩が威力を発揮して、変動の脅威を突きつけると同時に、
地面が八方へ走り出し、たちまちいたるところに亀裂を生じる[*80]。
地鳴りが重く響いて噴火を予告する。
このとき、こわごわ逃げ出し、神々しい事象に逆らわないのが
上策と心得よう。丘の上の安全な場所から見物しよう。
突然なのだ、捕えた獲物を抱えて火焔が熱く燃え上がるのは。
火に包まれた巨大な塊りが迫り、崩れた岩が
転げ落ち、真っ黒な砂の暗幕が渦巻く。
そこには、なにやら人間を思わせる形象が窺える。

火に屈して呑まれる石もある一方、踏みとどまって頑強に戦い、
炎に抗う石もある。右方で息を弾ませながらも無防備のまま
敵に向かって展開[*81]してみせると、左方では勢いが衰える。
あたかも、打ち破られて敵の凱歌を聞きながら、
戦列が戦場や陣営間近でなぎ倒されるよう。
このとき、火に触れて溶けた岩は、
火が消えたとき、ごつごつして汚いかすのようなものになる。
鉄を溶かしたときに落ちるのが見られる類いのかすだ。
だが、落ちた岩が少しずつ積み上がって高くなった
山は天辺に行くに従い細まって伸びる。
それはちょうど、窯で石を焼くときと同様だ。すべての
水分が蒸し出され、石目を通って高く出てゆく。
そのように活力を失い、重さの乏しい軽石となった溶岩から
搾り出された水分は、いっそう煮えたぎりつつ、いっそう
ゆったり流れる川の様相を呈し、ついには
丘の斜面を波打って駆け下る。
その波は徐々に進んで一二マイルに及ぶ。

これを呼び戻せるものはない。意を決した火を制止できるものはない。
押しとどめうる堰《せき》はない。無駄なことだ。どこもいっぺんに戦場となる。
いまや森や岩場、地面や土壌が流される。
溶岩流はみずから物資補給を行い、やすやすと手に入れてゆく。[*82]
たまたま谷あいの窪《くぼ》みにはまって滞った場合には、
どれほどでこぼこな土地にも踏み込んで食べ尽くす。[*83]
波高を倍加し、立ち止まる波を叱りつける。
それは荒海が弓なりの高波を逆落としにするときのよう。
初めは細かな波を送り、外へ外へと[*84]
大きく広がりながら前進しつつ、……をより分け
……
溶岩は土手で流れが止まると、冷えて固まる。
徐々に火の手が収まり、炎から地表を刈り取る[*85]
相貌が消えてゆく。次いで、先頭から順次固まりつつ、
大きな塊りから煙を吐く。自重に引きずられて
轟音とともに転がる。勢いよく激突したものが
硬ければ衝撃音が走り、ぶつかっては跳ね返り、飛び散る。

殻の破れ目から白熱した中核の輝きがのぞく。
ぶつかるたびにおびただしい閃光が発せられ、燃え立つ岩が
――それ、火花は遠くからでも見える、飛んでいるのが見える――
熱を保ったまま落下する。じつに衝撃のために炎が[*86]
かつてシュマイトス川[*87]の向こう岸まで飛んだこともあるそうだが、
両岸が固まった溶岩でつながったら、誰にも切り離せまい。
二〇ペース[*88]もの高さに積もることもしばしばだ。
　しかし、一つ一つ確かな因果関係を整理する私の試みを
無にするかのように、相変わらず嘘の話が根強く
信じられている。火焔によって流れ出すのは別の物質で、同一ならざる[*89]
特質を同時にもつために溶岩流は固まる、あるいは、
燃えるのは粘性の強い瀝青の混ざった硫黄である、
なぜなら、陶土も芯を焼き尽くすことで熔解が可能であることは
陶工らの証言があり、そのあと冷却することで
本来の硬さを取り戻し、石目を締める、などと言う。
しかし、現象の共通性は薄い。無効な論拠で
足が地についていない。じつに確かな証拠を見せよう。

似ているのは響きのよい銅の性状だ。火に
屈したときも、芯が無事なときも同じまま不変で、
どちらの性状においても銅を見分けることができる。
それと同様に溶岩も一定だ。流れる
火焔となって溢れ出るときにせよ、安全に鎮火したときにせよ、
特質を保持して、火と燃える顔を失うことはない。
まったく、その色だけを見ても外的素因は排除される。
色だけでなく、もろく崩れてばかりの軽い性質からもそう言える。
活動の様相は同一で、全過程を通じて大地も同一だ。
とはいえ、特定の石が発火することを私は否定しない。
それらは着火すると内部が液状化する[*90]特性を有している。
実際、シキリアでは、そうした岩石の呼び名として
フリディカ[*91]という名前が使われている。これが表すのは、まさしく
融解する性質だ。けれども、それらは決して液体にはならない。
確かに内部では液体を多く含む物質が熱を蓄えているが、
液化するのは溶岩の層奥深くに達したときだけだ。
　石の芯が溶けるとは不思議だと思う人がいるなら、

冥冥の書の真理をあまさず伝える言葉を考えてみるとよい。
ヘーラークレイトスは言う。「征服できないものは何一つ生まれない、
自然、事物の種子のすべてが蒔かれた[*92]」。
これが不可解にすぎることだろうか。物質がどれほど密着して
単一の固体に近い場合でも、火によって制御できることは多い。
見たまえ、銅がどれほど頑張っても炎には屈する。
鉛は腰の強さをはぎ取られる。他でもない、鉄で
できたものがいかに硬くても、火には滅ぼされる。
大岩のような金塊も吊り下げた坩堝《るつぼ》から
高価な汗を注ぎ出す。また、たまたま、なにか地中深くから
掘り出されたものがあれば、同様の運命に甘んじる。
ここで慧眼はいらない。一目で正解が見分けられよう。
溶岩は固く、外殻によって火に抵抗するが、
それは露天で炙る火が小さい場合だ。
白熱した竈《かまど》に入れて密閉してみたまえ。
辛抱できず、容赦ない敵に耐えられず、
敗れて戦力を放棄する。捕らわれて溶ける。

あんな大きな弩砲を操る技術があるだろうか。
人の手でできるだろうか。あんな火焔をわれわれの
もてる力で維持できようか。アエトナの竈はとにかく巨大だ。
奥深くで燃えるのは、つねに豊かに再生する火だ。
しかも、その炎熱はわれわれの経験の範囲を超え、
天に近い。さながら、他ならぬユッピテルの
武器たる火炎のようだ。この威力に加担して猛烈な
噴気が狭い顎《あぎと》から打ち出される。それはあたかも
職工が粗鋼の塊りと格闘して仕事を
急ぐときのよう。火を掻き起こし、ふいごを震わせながら
空気を送れば、高まる圧力で風が巻き起こる。
おおよそ[*93]このような活動があって、音に聞こえたアエトナは燃える。
大地がその孔から力を引き込み、隘路に押し込んで
噴気になると、噴火はどんな巨大岩石も突き抜ける。
　見事な勲功の足跡、この世の富を尽くして建てた
神殿を訪ねよう、あるいは、その昔の神代のことを語ろう[*94]として、
海と陸を渡り、あやうく死にそうな目にも遭いながら、

われわれは走る。逸《はや》る気持ちでいにしえの伝承の嘘を
暴き出し、全世界を駆けめぐることが嬉しい。
いまの喜びはオーギュゴス[*95]ゆかりのテーバイを囲む城壁を
見ること。それはかの兄弟、働き者の弟と歌声美しい兄[*96]が
築いた[*97]。われわれは別の時代に紛れ込む幸せを感じる。
親孝行の兄弟[*98]が歌と竪琴で呼び寄せた石や、
一つの香炉から二筋の煙が上がる祭壇[*99]、
七人の大将、深淵に呑まれた将[*100]に目を瞠《みは》る。
エウロータース川流れるリュクールゴス[*101]の都スパルタに足を止め、
戦争に身を捧げて兵《つわもの》の本分を守った三〇〇人[*102]を思う。
いまはまた、ケクロプス[*103]の都アテーナイを舞台とするさまざまな
詩歌に触れる。この地はミネルウァ[*104]に勝ち取られたことを喜びとする。
その昔、テーセウスは帰還の途上に約束をすっかり忘れ、
心配する父親のために白い帆を上げるのを怠った[*105]。
あなたもまたアテーナイの歌に加わった。いまや高貴な星となった
エーリゴネー[*106]よ。そこがあなた方の住まい。ピロメーラー[*107]が美しい声を
森中に響きわたらせると、彼女の姉は客分として軒端に

迎えられ、残忍なテーレウスは流浪の身を人影失せた畑に置く。
われわれは見入る、トロイアの廃墟、敗者の涙に濡れた
ペルガモン[*108]、プリュギア人を道連れにしたヘクトールの死[*109]に。小さな
墓だ、あの偉大な将にしては、とわれわれは見つめる。ここに俊敏な
アキッレースも、偉大なヘクトールの復讐者[*110]も敗れて眠る。
さらには、われわれの目を釘づけにして離さないギリシアの絵画や
彫像がある。母親の滴《しずく》がたれるパポス[*111]の女神の髪、
無慈悲なコルキス女[*112]の足元で遊ぶ幼い子ら、
入れ替えられた雌鹿の祭壇のまわりで悲しげな人々と
ヴェールをかぶった父親[*113]、生きているようなミュローン[*114]の傑作、
それらの居並ぶ千もの手練の業が足を止めさせる。
これらを見に行きたくて、陸路にするか海路にするか迷うなら、
自然の匠の偉大な造形に目を向けよ。決して見ることはない、
人々の手になるものでそれほどの壮観は[*115]。
とりわけ、シーリウスが熱く燃え立つ夜に目が冴えているなら[*116]。
　それでも、あの山にまつわる驚くべき物語[*117]もある。
その火は惨禍[*118]に劣らず孝心によっても名高いのだ。

その昔、アエトナの火口が爆発し、白熱したときのこと、
あたかも溶鉱炉をまるごとひっくり返したかのように、巨大な
溶岩の波が燃えたぎりつつ、遠くまで流れ出した。
まるで、ユッピテルが容赦なく天空に稲妻を走らせ、
晴れた空に視界を塞ぐ暗闇をかけるときのよう。
畑の作物が燃えていた。丹精して稔りの熟した
広大な土地に火が君臨していた。森も丘も赤く光っていた。
人々は難敵が進軍を始めたとはまだ思えず、ただ怯えていたが、
敵はすでに隣町の城門を突破していた。
まさにこのとき、各自、気力と体力が持ち出しを許すかぎり、
家財を守ろうと試みる。黄金を抱え上げて呻《うめ》く者があると、
武器をつかみ、愚かしくも頸にかける者がある。
持ち出す力がなかった者がある。自分の歌[*119]が足かせだった。
こちらでは、貧者が最小限の荷物だけでさっさと先を急ぐ。
各自、自分が大切にしたもののみ背負って逃げる。
しかし、持ち出し品は無傷で所有者に同道しはしなかった。
ぐずぐずすれば火に呑まれ、欲張りがいたるところで焼かれる。

逃げたと思っても追いつかれ、捕まったらせっかくの家財も
燃えて灰になる。火焔は貪《むさぼ》り喰って誰も容赦しない。
いや、孝心深い人だけは別だった。というのも、孝行息子
アンピノモスと彼の弟[*120]は勇敢になすべき務めを分かち合ったからだ。
すでに隣家で火焔が弾けていたとき、
兄弟が父と母を見に行くと、ともに年老いて体がきかず、
ああ、力尽きて敷居の上に体を横たえていた。
控えよ、貪欲な火の手よ。愛しい持ち出し品を取り上げるな。
兄弟には父と母だけが財産、
それを持ち出して救うのだから。炎の真ん中に脱出を図ると、
炎が保証を与えた。兄弟は急ぐ。なによりも偉大なもの、
孝心が人間にとってもっとも安全な美徳であるのは当然のこと。
親孝行の若者らに触れるのを炎も恥と思い、
彼らがどこに足を向けようと道を譲る。
その日は幸せな一日、その地は害と無縁だ。
非情な火焔は右側と左側に止まる。歩みを進める
兄の前を炎が斜めに分かれ、弟も勝ち誇ったように進む。

孝心の背負わせた重荷が両人に安全を確保し、そうして
二人を取り巻くだけで貪婪な火も自制している。
ついには無傷で逃げ切り、自分たちの神々も一緒に
安全な場所に運んだ。二人は詩人たちの歌によって讃えられている。
二人はディーティス[*121]から栄えある名前を授かり聖別された。
神聖なる若者らが卑しい運命に汚されることはなかった。
二人は憂いなき家と孝行者にふさわしい報奨を手に入れた。

訳注

*1 一—九三行は、全編の導入部。そのはじめである一—八行はアエトナの噴火原理について語るという主題を提示し、詩神に霊感を乞う「序歌」と呼ばれる部分。

*2 八行に名前の出るポイボス・アポッローンのこと。多くの権能の中に音楽と詩歌を含む。

*3 キュントスは、アポッローンの生地であるデーロス島の山で、ここではデーロスとほぼ同じ。ヒューレーは、キュプロス島の一地域で、アポッローンの神域があった場所。

*4 ギリシア西部エーペイロス地方の町。ゼウスの神託所として知られるが、アポッローンとの関連を示す根拠はなく、ここで言及される理由は分からない。

*5 詩歌を司る女神ムーサイ（ムーサの複数）のこと。ピーエリアは、マケドニア南部の一地域で、女神の生地とも言われる。

*6 九—二三行は、詩人が陳腐として退ける神話伝承を列挙する。そのはじめである一六行までは黄金時

代への言及。ユッピテル（＝ゼウス）の父神サートゥルヌス（＝クロノス）による平和な統治のもと、人間は生活の糧を自然に得ることができ、労働の必要がなかった。

＊7　ブドウおよびブドウ酒のこと。

＊8　パッラス・アテーネー女神。オリーブを聖木とした。

＊9　コルキスは、黒海東岸の国。そこへアルゴー号の英雄たちが金羊毛皮を求めて航海した冒険物語への言及。

＊10　トロイア戦争への言及。ペルガマは、トロイアの城壁。アルゴス勢は、ギリシア軍。

＊11　アトレウス（ペロプスの息子、アガメムノーンの父）が弟テュエステースにその息子らを切り刻んで調理し、食卓に供したとき、その非道さに太陽が顔を背けたとされる。

＊12　カドモスが退治した大蛇の歯を大地に蒔くと、そこから戦士が生まれ、戦って生き残った者がカドモスに協力してテーバイの都を建てたという。

＊13　クレータで半人半牛の怪物ミーノータウロスを退治したあとの英雄テーセウスの物語への言及。英雄はアテーナイに帰還する際に無事であれば白い帆を上げるという父親アイゲウスとの約束を忘れ、また、ミーノータウロス退治を手助けしてもらい、クレータから一緒に連れ帰るはずだったクレータ王ミーノースの娘アリアドネーを途中の島ナクソスに置き去りにした。

＊14　以下、二八行まででアエトナの噴火原理について語る詩人の試みが新しいものであることを表明したあと、九三行までこれまでの詩人たちによる神話的説明に触れ、それらには根拠がないことを述べる。

＊15　有力写本の読み（tanta perenni）では主語が示されないため、底本は二五行のあとに欠行を想定しており、それに従って訳出した。別の読み（causa perennis）によって「いかなる原因が絶えず火炎の……」として欠行を想定しない理解もある。

＊16　火と鍛冶の神格。ギリシアのヘーパイストスに相当。その鍛冶場がアエトナの下にあると考えられて

いた。
＊17　シキリアに住んでいたとされる一つ目の巨人。ウルカーヌスの手伝いをしたともされる。
＊18　以下に語られる天界の神々と巨人族の戦争の舞台となったとされる場所。
＊19　次行に名前の出るテッサリアの三つの山。
＊20　修正提案（per inertia）に従って訳出した。写本の読みは「三番目の（... que tertia）」で、底本はこれに修正不能のしるしを付して印刷しているが、韻律にも適合していない。
＊21　軍神。ギリシアのアレースに相当。
＊22　一部の写本の読み（uictor）を採って訳出した。
＊23　シキリアの別称。「三角の島」というほどの意味で、島の形を反映した名前。
＊24　冥界のこと。ディースは、冥界の王。
＊25　ステュクスは、冥界の川。冥界と同義でも用いられる。「番犬」は、死霊の番をする三つ首の犬ケルベロスのこと。
＊26　『ブヨの歌』二三七参照。
＊27　ゼウス（＝ユッピテル）の子でプリュギア王だったが、神々を騙そうとして、いわゆる「逃げ水」の劫罰を冥界で受けている。
＊28　「罰（poena）」は写本の読みだが、「逃げ水」との関連から「宴（cena）」とする修正提案がある。
＊29　クレータ王ミーノースとアイギーナ王アイアコスは、いずれも死後に冥界の判事になったと語られる。
＊30　へーラー（＝ユーノー）を凌辱しようとして冥界で車輪に括りつけられる劫罰を受けているラピタイ人の王。
＊31　底本は修正提案（ulterius, terret）を採って「上方のものをなんでも、偽りを自覚しつつ脅す」とい

うように読み、主語が示されないため、八四行のあとに欠行を想定しているが、写本の読み（interius）とアルドゥス版（一五一七年）の読み（terra est）を採って訳出した。

＊32　ゼウス（＝ユッピテル）は、フェニキアの王女エウローペーに対しては白い雄牛となって誘い、背中に乗せてさらったが、スパルタ王テュンダレオスの后レーデーに対しては白鳥の姿で交わり、アルゴス王アクリシオスの娘ダナエーとは黄金の雨となって交わった。

＊33　以下、「真実」として、まず一七四行まで、地中にある空隙や裂け目に生じる風によって地震が起きることが述べられる。

＊34　メッシーナ海峡に棲む渦潮の怪物のことだが、ここでの文脈に適合せず、解決案は見出されていない。

＊35　有力写本の読み「奔流（torrens）」、「唯一（uno）」は意味をなさないため、それぞれ修正提案「いくたびも（totiens）」と後世写本の読み「底深く（imo）」に従う。

＊36　このあとに続く写本の読み「声を通じ（uocemque agat）」は文法的に連接せず、意味も通らないので、訳出しなかった。「どこへ向かうにも（quocumque agat）」として前に続ける修正提案がある。

＊37　底本が修正不能のしるしを付して印刷する写本の読みに替えて修正提案の一つ（hospitium fluuio det semita,）を採って訳出した。

＊38　一四二行後半は意味が取れない。また、次行が脈絡を欠いて始まるので、あいだに欠行が想定されている。

＊39　底本は、次の一六二―一六四行で言及される風について前提となる言説が必要であるという見方から、一六五―一六七行を一六一行のあとに移している。

＊40　ここから一八七行まで、アエトナの全景について語られる。

＊41　底本は修正提案（constat）を採用しているが、写本の読み（cum sit）に従った。

＊42　底本は一七六行末にピリオドを打って文を切っているが、次行の「アエトナ」まで続ける読みに従った。
＊43　有力写本のあいだで読みが分かれ、意味も取りにくい。別の読みでは「手足のように遠くへ伸ばすぎた山裾を直している」。
＊44　一八六行と一九五行は、同一詩句で改竄によるものと考えられる。
＊45　一八八―二一八行は、噴火の原因、火山活動の原動力が風であることを述べる。
＊46　一八九―一九〇行は、テキストが著しく乱れている。おおよその文意を訳出する。
＊47　冥界の王（七八行参照）。タルタラは、狭義には冥界の奈落だが、ここでは冥界の含意。
＊48　次行との脈略が不明瞭で、あいだに欠落が想定されてもいる。
＊49　火山活動の原因が風であることを述べたあと、以下――前置きとして事象を観察して法則を知る学問の重要性（二二四―二八一行）、なかでも地学の重要性（二五一―二八一行）に触れてから――、風が生じる原因について二八二―三八四行で語られる。
＊50　写本の読み（cohibe(n)tur, inest）に従った。底本は修正提案（cohibent uires）を採って「抑え込む力が働くとき、沈静させる原因は何か」と読んでいる。
＊51　一つの写本にしか現れない詩行で、削除提案もなされている。
＊52　修正提案による読みに従った。かに座にあるプレセペ星団のことで、アラートスが嵐と関連づけている（『星辰譜』八九二―九〇八）。
＊53　月の女神。「兄神」は太陽神ポイボス。
＊54　おおぐま座のこと。
＊55　土星のこと。凶運の連想があり、事業の進展を遅らせる星と考えられた。
＊56　火星のこと。

＊57　マーニーリウス『アストロノミカ』四・九〇七―九〇八「〔人間のみが〕より間近にオリュンポスへ目を向け、ユッピテルを探索する」。

＊58　以下、二六六行までの叙述には、ウェルギリウス『農耕詩』一・四三―五六、二・一七七―二二五とのパラレルが指摘されている。

＊59　写本の読み「多くの（multo）」は意味をなさず、修正提案の一つ（muto）に従って訳出する。

＊60　ここから高い風圧が生じる原因について述べられるが、文が不完全で前行とのつながりも不明瞭なため、二八一行のあとに欠落が想定されている。

＊61　「空に……長く（aura diu）」は修正提案の一つに従って訳出した。

＊62　海の神格。ほら貝を吹き鳴らす姿で表象される。

＊63　水オルガン（hydraulus）のこと。

＊64　底本に従って三〇二行を三〇八行のあとに移し、三〇一行では写本の読み etiam に代えて修正提案 aliquam を採る。

＊65　以下、三四七行まで文意の把握が難しい。おおよその訳出を試みた。

＊66　次文の「見逃し」とつながりが悪いため、底本は写本の読み adest を abest と修正して「私に勘違いがあるとすれば、はっきり見えないから」というような理解を提案している。

＊67　写本の読み（leuitas tantos）は意味をなさないので、修正提案の一つ（leuis astantes）に従って訳出した。

＊68　大意を汲んで訳出したが、テキストが不確かで、底本は次に欠行を想定している。

＊69　写本の読み（plantis humus excita predas）は意味をなさないので、修正提案の一つ（placidissimus excit apludas）に従って訳出した。

＊70　噴火の原因としての風についての叙述を終え、四四七行まで燃料について述べる。

＊71　底本は、三八六行の間接疑問と三八七行行頭の二語について、その前後との脈絡が摑めないことから、三八六行のあとに欠行を想定し、そこに間接疑問を受ける動詞と三八七行の二語の意味を完結させる詩句が含まれていたという解釈を提案しているが、写本の読みにそって訳出する。

＊72　写本の読みは「取り戻す（redit in）」だが、四二一―四二二行の叙述と明らかに矛盾する。底本の修正提案（reddit）に従った。

＊73　底本が真正に疑問を呈しつつ保持する写本の読み cardo によって訳出した。枢は寺社の山門のように重い扉の開閉装置であるので、遅い通り抜けのイメージかもしれない。「灰（carbo）」という修正提案もなされている。

＊74　写本の読みから訳出したが、底本は、言及が他の火山についてのものであるため、「そばに立つと（adsiste）」に代えて「燃えたのを（arsisse）」と読み、「……の場所で同様の燃え方をした火口を見るとよい」といった含意を想定している。

＊75　写本の読み（dicitur insidiis）に従って訳出したが、底本は discitur iudiciis という修正提案を採用して「かつてアエナーリアが燃え上がったことは痕跡によって分かる」という理解を示している。アエナーリアは、クーマエ（四三一行）沖の島（現在のイスキア）。

＊76　ネアーポリスは、現在のナポリ。クーマエは、ナポリの西方、ティレニア海に面し、ローマの運命が記されていたとされるシビュッラ預言書で有名な町。それらのあいだの地域とは、プテオリー（現在のポッツオリ）の北側のソルファタラと呼ばれる硫黄の噴泉が広がる地域。

＊77　シキリア島北東岸沖のアイオリアエ群島の一つ（現在のストロンボリ）。ロトゥンダは、ラテン語で「円形の島」の意。島のギリシア語名が「円形の島」を意味するストロンギュレーだったことを踏まえている。

＊78　写本の読み（insula）に代えて底本の採用する修正提案（in sola）とその解釈に従う。島はアイオリ

アエ群島の一つ（現在のヴルカーノ）。ストラボーン『地誌』六・二・一〇にも「ヘーパイストス（＝ウルカーヌス）の神島」として言及がある。

＊79　以下、五六四行まで噴火の原因物質としての溶岩について述べる。

＊80　意味をなさない写本の読み（ictaque ramis）に代えて底本の採用する修正提案（undique rimas）に従った。

＊81　「無防備のまま敵に向かって（indefensus ... hosti）」は底本の採用する修正提案に従った。写本の読みは「疲れを知らずに敵が（indefessus ... hostis）」で、これを保持する校本もある。

＊82　四八九行末に意味の切れ目を置き、写本の読み（opes faciles）に従って訳出した。底本は、修正提案を採用しつつ四八九行後半を四九〇行に続けて「地面と土壌が活動（opus）そのものに加勢し、川のような様相を（faciem）帯びる」という解釈を示している。

＊83　この詩行を写本どおりの位置と通常の読み（inaequales）で訳出したが、底本は、前行と次行の脈絡を阻害し、それ自体の意味も理解しにくいという見方から、in aequalis と読んで「平らな土地に踏み込めるだけ踏み込んでこれを食べ尽くす」と解し、四九六行以降に移すことを提案している。

＊84　四九五―四九六行は、テキストが著しく不確か。写本の読みのとおりに日本語に移したが、大意を汲むことも難しく、四九六行のあとには欠落を想定せざるをえない。

＊85　「地表を刈り取る」は写本の読み（messis）を訳出した。「巨大な塊りの（massis）」という修正提案があり、底本はこれを採用している。

＊86　写本の読み（uerum impetus ignes）に従って訳出した。底本は「（岩が）巨大な衝撃に運ばれて（fert impetus ingens）」という修正提案を採用している。

＊87　アエトナ南麓を流れる川。

＊88　約六メートル。

＊89　写本の読み「灰の（fauillae）」に代えて底本の修正提案（nec una）に従う。

＊90　写本の読み furere（「激しく燃える」と解されるが、字義どおりには「猛り狂う」）に代えて底本の修正提案（fluere）に従った。

＊91　写本の読み（fridicas）をそのまま移したが、語義を特定できない。「溶ける」という意味のギリシア語から「キュータ（chytas）」もしくは「リュータ（rhytas）」とする修正提案がある。

＊92　ヘーラークレイトスは、前五〇〇年頃活躍したギリシアの哲学者。逆説的教義と曖昧模糊とした言説から「冥冥の（obscurus）」（五三七行）と形容された。「万物流転」を説いたとされるので、五四二行以下の叙述はこの教説に合致する。しかし、ここでの引用が断片として真正とは考えにくく、加えて、テキストも乱れて意味がとれない。「火が征服できないものはなく、自然は事物の種子のすべてを火に蒔いた」とする修正提案もある。

＊93　「おおよそ（summa）」は底本の採用する修正提案による。写本の読みは「世に評判の（fama）」。forma と読んで「このような形の」とする修正も行われている。

＊94　「語ろう（memorare）」は写本の読みだが、次行に含意される「危険」と嚙み合わないため、「あるいは」以下を「神聖な大理石の建物やいにしえの遺跡を（sacra marmora resue uetustas）」とすることで「訪ねよう」の目的語として読む提案などがある。

＊95　オーギュゲースとも言うボイオーティアの王。テーバイを創建したカドモスの父とする伝承もある。

＊96　アンピーオーンとゼートスの双子の兄弟のこと。城壁を築くとき、アンピーオーンの歌声とアポローンから授かった琴の響きによって魅了された石材がひとりでに積み上がったという。

＊97　「築いた」は大意を訳出したが、原文は不定法で文法的に連接していない。そのため、欠行が五七四行のあと、もしくは、五七五行と五七六行を入れ替えたうえで五七六行のあとに想定され、底本は後者を採用している。

*98 アンピーオーンとゼートスは、母アンティオペーがテーバイ王リュコスの妃ディルケーに迫害されたことに復讐し、王と王妃を殺害した。

*99 オイディプースの二人の息子エテオクレースとポリュネイケースは、テーバイの支配権をめぐって争い、最後は刺し違えてともに果てたが、二人のあいだの憎悪は祭壇の炎の別にも示された。

*100 テーバイの支配権を交代で握ることに合意しながら手放さないエテオクレースに対してポリュネイケースが挙兵したとき、七人の大将がこれに加勢した。そのうちの一人アンピアラーオスは、出陣すれば落命することを知って身を隠したが、籠絡された妻の告げ口で戦うことを余儀なくされ、テーバイで大地に呑まれて果てた。

*101 スパルタ建都の伝説的王。

*102 前四八〇年、ギリシアを攻めたペルシア軍に対して、テルモピュライの要衝を文字どおり死守しようとして命を捧げたスパルタ兵三〇〇人を指す。

*103 アテーナイ創建の伝説的王。

*104 ミネルウァ（＝アテーネー）は、海神ネプトゥーヌス（＝ポセイドーン）とアテーナイの守護権を争って勝利を収めた。

*105 二一一―二二行参照。

*106 アテーナイの父娘イーカロス（またはイーカリオス）とエーリゴネーは、ブドウ酒を広めようとやって来た酒神バッコスをもてなし、イーカロスが授かったブドウ酒を牧人らに振る舞ったところ、酔いを魔法の効果と勘違いした牧人らによって殺された。遺体が放置されている場所を忠犬がエーリゴネーに教えたが、彼女は悲しみのあまり自害し、父娘と忠犬は神々によって星座にされたという。

*107 『キーリス』訳注*91参照。

*108 トロイアの城壁。複数形の「ペルガマ」で用いられることが多い。

＊109 トロイアの総大将ヘクトールの死がトロイア陥落を象徴することを踏まえた表現。

＊110 ヘクトールの弟でトロイア戦争の原因を作ったパリスのこと。弓の名手で、兄を殺したアキッレースに対して、その踝の腱を射抜いて倒した。

＊111 ウェヌス（＝アプロディーテー）のこと。キュプロス島の町パポスに有名な神域があった。「母親（matre）」は意味をなさない写本の読み「一部は（parte）」への修正提案で、女神が海の泡から生まれたとされることから、「海」の含意。言及は、コース島出身で前四世紀の高名な画家アペッレースが描いたとされる《海から上がるアプロディーテー》のモチーフを踏まえていると考えられる。

＊112 黒海東岸の国コルキスの王女メーデイアのこと。そこへ金羊毛皮を求めて航海したアルゴー号の英雄たちの指揮官イアーソーンを助け、彼とともにギリシアに渡ったが、イアーソーンが彼女を棄ててコリントス王女との結婚を約束したため、その復讐に彼とのあいだにできた二人の幼い息子を殺した。前一世紀の画家ティーモマコスが息子らのそばで殺害を思案するメーデイアを描いたとされる。

＊113 トロイア遠征のために集結したギリシア軍の艦船がアウリスの港で足止めされたとき、神託に従って総大将アガメムノーンの娘イーピゲネイアがアルテミス（＝ディアーナ）女神への人身御供にされることとなったが、最後の瞬間に女神が彼女を雌鹿に置き換えた。前四世紀の画家ティーマンテースが犠牲の祭儀執行の場面でアガメムノーンの悲しみをヴェールで顔を隠す姿によって描いたとされる。

＊114 前五世紀の高名な彫刻家。

＊115 六〇一行はテキストが乱れている。大意を訳出する。

＊116 六〇二行は前との脈絡を欠いており、底本は六〇一行のあとに欠落を想定している。

＊117 アエトナ東麓沿岸の町カティナ（ギリシア語名カタネー。現在のカターニャ）を舞台とする物語で、ストラボーン『地誌』六・二・三、パウサニアース『ギリシア案内記』一〇・二八・四などにも伝えられている。

＊118 写本の読み（quamquam sors）は意味をなさず、修正提案（quam sonti）に従って訳出した。

＊119 写本の読み（carmina）を採ったが、底本は「罪（crimina）」という修正提案を採用している。「荷物（sarcina）」という修正提案もある。

＊120 ストラボーンは、弟の名前をアナピアースとしている。

＊121 冥界の王ディースの別綴り。

女将

女将《おかみ》スリスカ*1は頭にギリシア風ヘアバンドを巻き、
カスタネットに合わせ、腰を震わせて踊る心得あり。
酔ってみだらに煙たい飲み屋でステップを踏んでは、
カスタネットを肘に打ち当てて騒がしく鳴らしてる。
何が楽しくて、暑くて砂まみれでくたくたなのに出かけんの。
　それより、寝椅子にごろんとして飲んでるのがいい。
ちゃんとありますよ、書割、あばら家、盃、バラ、笛、琴、
　おまけに、すだれの蔭が涼しい夏間も。
ほらほら、マイナロス*2の洞穴で甘くささやく
　田舎風の笛も牧人の調べを奏でてる。
安ワインでも、ピッチ*3で封した瓶から汲み出したばかりのものもあり。
　じゃあーっと音を立てて流れる水もあり。
ありますよ、サフランとスミレの花の冠でも、

　深紅のバラを混ぜ入れた黄色の花環でも、
アケローオス河[*4]のニンフが乙女の流れから集め、
　ヤナギの籠に入れて届けたユリでも。
ちょっとしたチーズもあります。イグサの籠で乾燥させたもの。
　ありますよ、秋が旬のワックスがけしたスモモも、
クリも、甘そうに赤らんだリンゴも。
　ここには小ざっぱりしたケレース、アモル、ブロミオス[*5]が勢ぞろい。
ありますよ、血のように赤いクワの実も、枝をしならせて実るブドウも、
　茎から吊り下がる青々したキュウリだって。
あばら家には番人[*6]もいて、武器はヤナギで作った鎌。
　でも、一物《いちもつ》はたいそうでも怖くない。
そこを借りに来なさいな。ロバが疲れて、もうさっきから汗みどろ、
　大事になさいな、ロバはウェスタ女神のお気に入り[*7]。
ほら、セミがひっきりなしに鳴く声が木立を突き破ってくる。
　ほら、まだらのトカゲが涼しいねぐらに隠れてる。
考えなさんな。寝そべって夏グラスをぐっと干しなさい。
　それとも、クリスタルの新品カップをご所望かな。

ほれ、このブドウの木陰で疲れた体を休めなさい。
　重たく感じる頭にバラの飾りを巻きなさい。
たおやかな娘の麗《うるわ》しい唇に触れて――
ああ、眉をひそめる昔気質《かたぎ》の堅物はくたばらんかな。
灰になったらもうおしまい。どうしてそれまで香しい花冠をとっておく。
　それとも、花環で飾った墓石の下への納骨をご所望かな。
始めなさいな、酒とサイコロを。くたばらんかな、明日が心配な輩は。
「死」が耳を引っ張ってのたまう、「生きてろ。すぐ行く」って。

訳注

*1　「シュリア人の（Syrisca）」と読む校本もある。
*2　ペロポンネーソス半島中央部アルカディア地方の山。アルカディアは、牧神パーンの故郷。
*3　香りづけのために塗る樹脂。
*4　ギリシア西部の大河。
*5　ケレースは五穀豊穣の女神でパンを、アモルは愛神で同衾の機会を、ブロミオスは酒神バッコスの別名で酒を含意する。
*6　案山子の神格プリアーポスのこと。鎌を携え、大きな陽根をつけた姿で象られる。
*7　ウェスタは、火と竈を司る女神。オウィディウス『祭暦』六・三三一以下では、プリアーポスがウェスタと知らずに女神に手を出そうとしたところ、ロバが鳴いたおかげで女神が難を免れたことが語られて

いる。

マエケーナースに捧げるエレゲイア

〈I〉

つい先ごろ、若人[*1]の死を悼んで悲しみの歌を歌ったばかりでしたのに、
　いままた恩義ある老翁に歌を捧げねばなりません。
若人に捧げるべき哀悼は、清廉の士にして、
　長寿の祖父にまさる長生きがふさわしかった方にも捧げるべきです。
舫《もや》うことのない舟、決して消耗しない舟が
　つねに積み荷を載せて広大な水上を往来しています。
その船は初咲きの青春を謳歌する若者を連れ去りもすれば、
　忘れることなく、年老いた人々をも連れに戻ります。
マエケーナースよ、私はあなたと友誼を結んでいませんでした。
　ですから、この仕事を世話したのはロッリウス[*2]です。

あなた方には絆がありました。彼はカエサルの軍に仕え、
　あなたは同様にカエサルの軍に忠実でしたから。
あなたはエトルーリア王家の血筋でした。あなたはカエサルの
　右腕、ローマの都の番人[*3]でした。
かの偉大な友人にあれほど大切にされ、どんなことでもできたのに、
　あなたが人を傷つけられるとは誰も思いませんでした。
学識あるパッラスとポイボスから技芸を授かっていた
　あなたはどちらの神にも勲章となるような誉れでした。
まるでそこらに散らばる砂を圧倒する緑柱石のようでした。
　砂は浜辺の端から波にさらわれてしまいます。
ただ、あなたは衣も心も寛《くつろ》ぎすぎて[*4]、それだけが難点でしたが、
　その非難もあまりに裏表のない品行によって霧散しています。
その生き方はまさに黄金の処女神[*5]に見守られた人々のものです。
　女神はしっかり帯締めした人々[*6]を見たあとすぐに逃げ去りました。
口うるさい奴め[*7]、トゥニカの帯を緩めていて、どんな障《さわ》りがあったのか。
　おまえにどんな障りがあったのか、懐《ふところ》に風が通る衣が。
都を守り、カエサルに務めを果たさせる人質の役目にたるみが出たか。

おまえのために都の通りを安全にしなかったか。
夜の暗がりで情事にふけるおまえに誰が強盗を働いたか。
誰が非情な剣を腰に打ちつけたか。
凱旋する力があっても、そう望まぬことのほうが偉大なこと、
偉大な事績を手控えたことのほうが偉大なことでした。
それよりも彼は葉陰濃いオーク、小滝、
果実に適した土壌の土地のわずかな割り当てのほうを望みました。
ピーエリアの女神ら[*8]とポイボスを心地よい庭園の中で讃えて
口ずさみつつ、鳥たちのさえずりに包まれて座っていました。
アーオニア[*9]の歌の巻は大理石の記念碑にまさるでしょう。
人を生かすのは芸、その他はみな死に捕らわれます。
彼がなしたこと、それはパートナーの務めを落ち度なくまっとうし、
アウグストゥスの兵としても勇敢さと忠義を貫いたことです。
彼の姿は魚が群れなすペロールス[*10]の岩場からも見られました。
敵の船を燃料の木材にしようとするところでした。
その勇姿はエーマティアの砂塵渦巻くピリッピー[*11]でも見られました。
いま柔和であるだけ、そのときは難敵となりました。

エジプトの船艇が海域を広く覆ったとき[*12]、
　指揮官のまわりでも、その前でも勇敢そのものでした。
東方の兵が逃げるのを背後から追えば、
　向こうは怯え上がってナイル川の水源まで逃げる始末でした。
平和が訪れたとき、そうした生き方が安穏な日々のうちに緩みました。
　軍神が鎮まったのですから、すべて勝者に似つかわしいものです。
アクティウムの神[*13]みずから象牙の撥《ばち》で竪琴を弾きました。
　もう勝利のラッパが静かになったあとでしたから。
神はさっきまで兵士でした。あの女[*14]がローマを
　醜悪な恥辱の婚資にできないようにしました。
神が落ち延びる敵めがけ、いっぱいに引き絞った弓から矢を
　放つと、昇る太陽の戦車の向こう端の馬まで届きました。
バッコスよ、私たちが有色のインド人を打ち負かしたあと、
　あなたは兜を器にして甘美な酒を飲みました。
憂いが払われ、あなたもトゥニカの帯を解いて裾を垂らしました。
　たぶん、それも真紅のを二枚、あなたは着ていたことでしょう。
忘れもしません。間違いなく覚えています。そうして神杖を振る

　腕が深紅の陽光に映える雪よりも白く輝いていました。
あなたの神杖は宝石と黄金でいっぱいに飾られていました。
　キヅタが這う場所もないほどでした。
銀のサンダルがあなたの足を
　包んでいたのも間違いありません。そうですね、バッコスよ。
あなたはそのとき、いつもよりやさしく多くのことを私に話しました。
　あなたはわざと珍しい言葉遣いをしました。
精力みなぎるアルキーデース[*15]よ、多くの難業を果たしたあと、
　あなたもそのように憂いを払ったと語られています。
あなたもたおやかな娘との戯れを喜びました。
　もうネメアのことも、エリュマントスのこと[*16]も忘れていました。
これ以上のことがあったでしょうか。あなたは親指で紡錘《つむ》を回しました。[*17]
　軽く噛んで糸を柔らかく、滑らかにしました。
あなたはリューディアの女王に打擲されました、節をたくさん残したとき、
　あなたが固い手で糸を切ってしまったときには。
いたずらなリューディアの女王の命令で、裾を垂らしたトゥニカを着て、
　あなたは何度も糸紡ぎの小間使いのあいだに入りました。

あなたの節くれだった棍棒は皮衣とともに放り出され、
その上を愛神アモルが軽快なステップで踏みつけていました。
誰がこのことを予想できたでしょう。もう赤子のときから精力いっぱい、
とても手で摑めないような巨大な蛇どもを押さえつけましたし、[*18]
再生する水蛇[*19]の首を手早く刈り取っていったり、
ディオメーデースの暴虐な馬ども[*20]を打ち倒したり、
同じ一つの胴体をもつ三兄弟[*21]に相対し、
その六本の腕とただ一人で戦ったりしたのですから。
オリュンポスに君臨する神もアローエウスの子ら[*22]を追い散らしたあと、
言い伝えでは、朝が明るく輝くまで熟睡してから、
自分の鷲を遣わして探させたそうです。鷲はなにか
ユッピテルが恋するにふさわしいもの[*23]を持ち帰ろうとするうちに、
イーデーの谷あいで、美しき神官[*24]よ、そなたを
見つけ、爪でやさしく摑んでさらいました。
そうなのです。勝者には愛することが、勝者には木陰にいて支配することが、
勝者には香しいバラのベッドで眠ることがお似合いです。
敗者は耕作と刈り入れをし、恐怖が命じるままに従い、

敷物もしない地面に体を横たえることを学ばねばなりません。
人のならいも振る舞いも時節に応じて異なります。
人々も、家畜も、鳥も時節が律しています。
朝です。牛が耕します。夜です。耕作者が休みます。
牛にご苦労様と、熱くなった頸から軛《くびき》をはずします。
水が凍る頃、ツバメは崖に身を潜めます。
　寒さの緩んだ春、ツバメはさえずりながら湖面をかすめて飛びます。
カエサルが友人でしたから、万全の生活を送れました。
　すでにカエサルが望んだとおりの地位にあったからです。
与えるほうも当然の厚遇でしたし、受けたほうも浅はかではありませんでした。
　私たちの勝利に見合ったものとアウグストゥスが判断したのです。
アルゴー号が怯えつつスキュッラの岩場を通過し[*25]、
　キュアネアイ[*26]の恐怖を経て、いまや船を舫《もや》おうとしたとき、
腑分けした羊のはらわたを子羊に変えてみせたのが
　アイエーテースの娘[*27]でした。自家薬籠中の液汁の威力です。
これを用いて、マエケーナースよ、若返る力をもつべきでした。
　私たちにコルキス女の薬草があればよかったのに。

樹木は緑を取り戻し、花咲くときが戻ってきます。
　では、人間にはなぜ以前にあったものが戻らないのでしょう。
小心な鹿のほうが長生きするのがふさわしいのですか。
　額の角が見下ろすように屹立しているからですか。
カラスも長の歳月を生きると言われます。
　どうして私たちは期限が短いのでしょう。
アウローラの夫ティートーノスは神饌《ネクタル》を食べていますから、
　もう体を支える力はなくても老年が障《さわ》りとはなりません。
願わくは、あなたの命が神聖な薬によって永遠であるように、
　あなたがアウローラに好かれて夫になってほしかった。
あなたは女神のサフラン色の臥所に横たわるのに適格でした。
　ちょうど緋色の寝床を朝露が湿らす頃、
女神のバラ色の二頭立て戦車に馬をつなぐのに適格でした。
　あなたこそ適格でした、深紅の手で操る手綱を渡すのにも、
たてがみを撫でるのにも。そのときはもう女神が手綱を巻き終えた
　一日の終わる頃、馬はうしろを振り返ります。
かつて誰もが捜した、かのヘスペロス[*28]は、

ウェヌスと結ばれて火の道の真ん中に解き放たれました。
いまは彼が穏やかな夜に暗中に輝く
　明星となって馬車を反対方向に走らせるのが見えます。
彼があなたにコーリュコス[*29]のサフランを、香しい肉桂を授けます。
　彼はまた棕櫚《しゅろ》の生える峰から送られたバルサムを届けます。
あなたはいま誠実さの報酬を得て、霊界へ旅立ちました。
　私たちはあなたが亡くなるまでお歳を忘れていました。
三世代の臣民がピュロス王ネストール[*30]の白髪を悲しみましたが、
　それでもまだまだ年寄りではないと言っていました。
あなたが長寿のネストールを超える歳月を生きるよう、私が
　運命の糸を撚《よ》ってあなたに捧げられたらよかったのですが、
いま私にできるのはこれだけです。「大地よ、軽やかに骨を包みたまえ。
　ご自身の重みを天秤に載せて釣り合わせたように支えたまえ。
私たちはあなたにいつも花冠を、いつも芳香を捧げましょう。
　あなたが渇くことは決してなく、いつも花に囲まれるでしょう」。

〈II[*31]〉

運命が近づいたとき、マエケーナースはこう話しました。
もう体が冷たく、いまにも息を引き取ろうとするときでした。
「この私が、ユッピテルよ、青春の盛りに
　短い日々しか授からなかったドルースス[*32]より先に死ななかったとは。
成熟した心をもち、年の割によくできた若者だった。
　偉大なカエサルが育てたじつに偉大な作品だった。
叶うなら内乱の前に」と、そこまでで全部は言えませんでした。
　愛情から言いかけたことを廉恥心が差し止めました。
でも、意中は明らかでした。死を前に求めたのは愛した
　妻の抱擁、口づけ、言葉、手の感触でした。
「だが、これでいい。もう十分。カエサルよ、あなたを友とした人生、
　そして、死なのですから。死んで本望です。
あなたのやさしい目からこぼれる涙があるでしょう、
　急な知らせが、もう私のいないことをあなたに伝えたときには。

このことを聞き届けてください。平らかな土の下に眠らせてください。
　でも、あまりに心を痛めてほしくはありません。
でも、忘れずにいてほしい。あなたの口にのぼれば私は生きています。[*33]
　私がいつも一緒にいられるように、いつも忘れずにいてください。
そうあるべきですし、あなたの愛は必ずや私をいつまでも生かします。
　あなたを残して死ぬ者も、あなたのものであることをやめません。
私は自分が何になろうと、灰や燃えかすに包まれようと、
　そのときでもできません、あなたを忘れることなど。
あなたのおかげで私の人生は優雅な幸せの見本でした。
　あなたのおかげです、私が唯一無二のマエケーナースであったのは。
私は自分で自分の道を選びました。運命に適うものになろうとしました。
　私の心を決めるのは本当にあなたの胸一つでした。
長生きなさい、親愛なる老友よ。天界に向かうのは遅らせなさい。
　そうすることがこの世界に必要ですし、あなたもそう望むべきです。
どうか、あなたを継いでカエサルに二重に似つかわしい若者たち[*34]が成長し、
　それから先もカエサルの系譜をずっと引き継ぎますように。
リーウィア奥様のお心が晴れ次第すぐに、

亡くなられた婿殿が中断した務めを新たな婿殿[*35]が果たしますように。
あなたが祖先の神々に列して、ひと際輝く神となるとき、
あなたをウェヌス様がみずから父上様[*36]のお膝もとに配しますように」。

訳注

*1 アウグストゥスの妻リーウィアが前夫ティベリウス・クラウディウス・ネローとのあいだにもうけた二人の息子のうち、弟のクラウディウス・ネロー・ドルースス（兄はのちのティベリウス帝）のこと。前九年、遠征先のゲルマーニアで死んだ。

*2 マルクス・ロッリウス。前二一年の執政官。

*3 オクターウィアーヌスがセクストゥス・ポンペイウスに対したシキリアでの戦い（前三八―三五年）のさなかの前三六年、ローマに戻って都とイタリアの最高指揮権を委ねられた。また、アクティウムの海戦（前三一年）に至る作戦行動において、オクターウィアーヌスの副官に任ぜられた。

*4 原文は「帯をほどいた」を意味する語で、だらしないとも見られる襞の大きなゆったりした衣を好んだことと、鷹揚で開け広げな性格に言及している。二四行の「しっかり帯締めした人々」と対をなす。

*5 正義の女神のこと。幸福な黄金時代が鉄の時代に劣化したとき、神々の最後として地上を去った。

*6 「帯締めした」は「仕事の身支度をした」という含意で、労働が必要になった鉄の時代を指示する。

*7 以下、三〇行末まで、仮想の非難者への返答。

*8 詩歌の姉妹神ムーサイのこと。

*9 「アーオニア」は、底本も推奨する修正提案に従った。ボイオーティアの異称で、ボイオーティアのヘリコーン山を住まいとしたムーサイを含意する。

＊10　シキリア北東端の岬。対セクストゥス・ポンペイウスの戦い（前注＊3参照）への言及。

＊11　前四二年にオクターウィアーヌスとアントーニウスの軍勢がカエサルの暗殺者ブルートゥスとカッシウスの共和政派軍を破った戦場。エーマティアは、テッサリア北部からマケドニア南部にかかる地域。

＊12　前三一年にオクターウィアーヌス軍がアントーニウスとクレオパトラの軍勢を破ったアクティウムの海戦。

＊13　アポッローンのこと。アクティウムに神殿があり、オクターウィアーヌス軍に加勢したとされている。

＊14　クレオパトラのこと。名前を出さずに「女」として言及されることが多い。

＊15　「アルケウスの孫」の意味で、英雄ヘーラクレースの別称。

＊16　ヘーラクレースが果たした一二功業のうち、ネメアのライオンの皮を持ち帰ったこととエリュマントスの猪を生け捕りにしたことへの言及。

＊17　ヘーラクレースは殺人の禊ぎと贖いのためにリューディアの女王オンパレーに奴隷として売られ、三年間奉公した。

＊18　ヘーラクレースを憎む女神ヘーラー（＝ユーノー）が揺籃に送った蛇を素手で捕まえた。

＊19　切り取るとそこからまた新しい首が生じるレルナの水蛇。

＊20　トラーキア王ディオメーデースの人食い馬。

＊21　西方の国に住む三つ首の怪物ゲーリュオーンのこと。英雄はその牛たちを奪った。

＊22　ゼウス（＝ユッピテル）が君臨するオリュンポスの神々に戦争を挑んだ巨人族。『ブヨの歌』二三四―二三六行および訳注＊51参照。

＊23　写本の読み「しるし（signa）」に代えて修正提案（digna）に従った。

＊24　トロイア王子の美少年ガニュメーデースのこと。神々の酌人となった。

*25　ギリシア東岸から黒海東岸の国コルキスを目指したアルゴー号がメッシーナ海峡に棲むとされるスキュッラのそばを通過するはずはないが、一〇九行でのメーデイアに関する言及もコルキスでのことではなく、ギリシアに渡ってからのことであるので、意図的に物語を通常とは違う形にしているとも考えられる。

*26　黒海の入り口に立つ「青黒い岩」を意味する一対の浮動の岩。あいだを通過しようとすると、両側から迫って押し潰そうとしたが、アルゴー号は女神アテーネーの後押しを得てすり抜け、そのあと岩は根が生えて不動になったという。「打ち合い岩（プレーガデス／シュンプレーガデス）」という呼び名もある。

*27　黒魔術を心得るメーデイアのこと。英雄イアーソーンが他の名だたる英雄たちとともにコルキスへ航海したのは、彼の父でイオルコスの王アイソーンの異父兄弟ペリアースが王位を簒奪したうえ、金羊毛皮を取ってくるよう命じたからだったが、イアーソーンのためにペリアースに対する復讐の策略を企んだメーデイアは、ペリアースの娘らに年老いていた父を若返らせると持ちかけ、老いさらばえた羊を切り刻み、薬草の液汁で煮ることによって子羊に変えてみせて信用させ、そののち娘らに（薬草は渡さず）同様の秘儀を行うように仕向けて彼女らの手で父を殺させた。

*28　天空を支える巨人アトラースの兄弟もしくは息子のヘスペロスは星を観るためにアフリカ北西部の山アトラースに登ったとき、突風にさらわれて姿を消した。捜しても見つからず、その美徳ゆえに宵の明星になったと信じられた。ヘスペロスは「夕星」の意味。また、次行の「ウェヌス」は「金星」を意味し、同じものを指す。一二九―一三二行の言及は難解で十分な説明が見出されていない。

*29　キリキアの町。サフランの栽培で知られた。

*30　ペロポンネーソス半島西岸の町ピュロスの王でトロイア戦争にも出陣したネストールは、三世代にわたる長寿で知られた。

*31　写本では以下も一続きの詩とされているが、詩想も変化し、一四一―一四四行の碑銘に詩の「結び」

が見て取れることに加え、一四五行が詩の始まりにふさわしいことから、別の詩とする見方が有力である。以下、別の詩とした場合の行数を（　）に示す。

＊32　前注＊1参照。

＊33　エンニウス『雑』一八V「私は生きて人々の口から口へ飛びまわる」。オウィディウス『変身物語』一五・八七七―八七九も参照。

＊34　アウグストゥスの娘ユーリアと夫マルクス・ウィプサニウス・アグリッパのあいだに生まれた二人の息子ガーイウスとルーキウスのこと。ともに前一七年にアウグストゥスの養子となった。

＊35　のちのティベリウス帝のこと。アグリッパが前一二年に死んだ翌年、アウグストゥスはティベリウスに妻ウィプサーニア・アグリッピーナとの離婚を強要し、ユーリアと結婚させた。

＊36　アウグストゥスの養父ガーイウス・ユーリウス・カエサルのこと。ユーリウス（Iulius）氏はウェヌスの子で、ローマ建国の礎石を置いた英雄アエネーアースの息子イウールス（Iulus）を家系の祖としたこと、ユーリウス・カエサルがアウグストゥスによって神格化されたことを踏まえている。

キーリス

私[*1]は功名心からさまざまに苦しみました。
誠のない俗衆からの褒美が空しいことも身をもって知りました。
それでも、いまは快いそよ風を吹き送るアテーナイの小庭[*2]で、
花咲く「知恵」の緑陰に抱かれています。
そこにふさわしい[*3]歌を模索できるように、心は
大いに異なる学芸、異なる労苦に向かう支度をして、
大宇宙の星々の高みを見上げもし、
好んだ人の少ない丘に敢えて登りもしました。
それでも私は取りかかった仕事の仕上げを手放しません。
それをもって、どうか私のムーサイ[*4]が晴れて休息を得、
軽やかな気持ちで愛の誘いを退けることを許されますように。
けれども、もし、〈メッサラ[*5]よ、後世の人々が〉讃嘆する誉れよ、
時代を超えて讃嘆される方よ[*6]、あなたがそうお望みでさえあれば、

すでに「知恵」が私のために天頂を開いているとしても、
いにしえより四人の継承者[*7]が高めてきた人生の伴侶たる「知恵」の
天頂からは世界中にどこまでも広がる人間の過ちを
見下ろし、地を這う煩悩を蔑《さげす》むことはできるものの、
あなたのような方をそんな贈り物で讃えることはしません。
いいえ、しません。ときには私も戯れに
ほっそりした詩行をたおやかな韻律におさめること[*8]を喜びとしますが、
いま織ろうとするのは、こう言って罰が当たらなければ、立派な式服[*9]です。
ちょうどエレクテウス[*10]の都アテーナイで召され、
清純なミネルウァに捧げられるべき供物として奉納されるような衣[*11]です。
それはゆっくりと周期を満たして五年ごとの祝祭がめぐってくると、
東風に代わって軽やかな西風が吹きつのり、
前のめりに重みをかける騎手とともに戦車を疾駆させるときのことです。
その日は幸いです。その年は幸いと言えます。
そのような年と日を目にした人々は幸いです。
ですから、パッラスの戦いを順序よく織り込み、
巨人族への戦勝碑で飾られた立派な式服なのです。

凄まじい戦闘を血糊の深紅で描きます。
そこには黄金の切っ先で打ちのめされたテューポーンも添えます。
この巨人は、その昔、オッサの岩で天界を驚愕させ、
エーマティアの山稜でオリュンポスの高さを倍にしようとしました。[12]
　そのような衣を女神様方が典礼の折に召されます。
そのような仕方で、私はできるなら、学殖深き方よ、あなたを
真っ赤な太陽と白光を放つ月が
空色の馬車で天球を駆けて輝くあいだ、
自然の造物を記す大著に織り込みたいのです。
そうすれば、知恵の歌と永遠に結びつき、
あなたの名前は私の綴葉によって後々の時代まで語られるはずです。
　ですが、私はいま生まれて初めてこれほどの偉大な学芸に取り組み、
いま初めて若い細腕に堅固な芯を通そうというのですから、
とりあえずは、私の力が及ぶもの、人生の
最初の手習いとして若いころの歳月を費やしたこの作品、
私が徹夜もして大いに苦労した作を贈り物として受け取ってください。
約束していたものが長くかかりましたが、いまようやく（語ります）[13]、

その昔、数々の異兆に恐れおののいた不徳義な
スキュッラが空の高みで[*14]新たな鳥の集まりを
目にした[*15]次第を、細い羽で天空に昇り、
空色の翼で自分の家の上を飛んだ次第を、
罪深くも、この罰を真っ赤な毛髪の代償として[*16]、
祖国の町を根こそぎ打ち壊した代償として贖《あがな》った次第を。
　メッサッラよ、彼女について数多くの偉大な詩人たちが
——私たちは真実を語りましょう。ポリュヒュムニア[*17]も真実を愛します——、
ずいぶん違う姿に変身したと伝えています[*18]。
貪婪な怪物となってスキュッラの岩場から襲ったというのです。
彼女が登場するのはオデュッセウスの苦労話です。
白い下腹部のまわりに吠え立てる怪物[*19]を取り巻かせ、
ドゥーリキオン[*20]の船を苦しめ、深い海淵で
捕えた水夫らを海の犬に八つ裂きにさせたと言います[*21]。
でも、信じることはできません、マイオニアの詩[*22]に書かれたことも、
そうした話を伝える悪しき原拠[*23]も。疑わしい誤謬なのです。
誰もがみなそれぞれ違う娘をこしらえて、

コロポーン[24]のホメーロスがスキュッラと呼ぶ娘だとしました。
母はクラタイイスだとホメーロスは言いますが[25]、クラタイイスか、
あるいはエキドナが双形の怪物のために彼女を産んだ[26]のか、
さもなくば、どちらも母親ではなく、詩歌全編はただ
肉欲の悪徳と飽くなき性愛を描いただけかもしれません。
さもなくば、毒を盛られて姿を変えた
不幸な乙女です。実際、彼女がどんな罪を犯したでしょう。
怯える彼女を他ならぬ父神[27]が非情な砂浜で抱擁し、
貞潔なアンピトリーテーとの夫婦の絆を穢《けが》しました。
それでも彼女は長い時を経たのちに、それに報いる罰を下しました。
神の妻に愛でられた者が海原を渡っていたとき、
今度は彼女が残酷な海を多量の血で染めたのです[28]。
あるいは、こんな伝えもあります。誰にもまさる美しさを誇り、
のぼせて言い寄る男を手当たり次第にカモにしていたところ、
醜悪な魚と犬が壁になって覆いました。突如として
自分のまわりに恐ろしい異形《いぎょう》が現れるのを見たのです。
ああ、変わり果てた体に何度驚き、青ざめたことでしょう。

自分が吠えている声に、ああ、何度怯えたことでしょう。
それというのも、女の身で厚顔にも神々の威光にまやかしを働き、
ウェヌスに願掛けをした見返りの金子《きんす》を懐《ふところ》に入れたからです。
その見返りと言って、幾重にも取り囲んだ大勢の若者に性悪の
娼婦が胸を苛《さいな》む畜生の心で課すほどのものでした。
こうした話があっては当然のことながら、醜名を流しました。
学識あるパキューノス[*29]がパポスの女神[*30]の言葉で証言しているとおりです。
これまでこの災いをそれぞれがどのように語ってきたとしても、
それよりも美しい[*31]キーリスの名を知らしめましょう。
スキュッラを多くの娘のうちの一人にすぎぬものとしてはいけません。
　それゆえ、学識深い[*32]詩歌を世に送ろうと思い立った
私の望みに応えて大いなる恵みをくださった女神様方、
ピーエリア[*33]のムーサイよ、あなた方の社《やしろ》の清純な柱は祭壇に
捧げた私の供物の煙でくすんでいます。扉にはヒアシンスの
花が供えられています。あるいは、甘美に赤らむスイセン、
サフランとユリと一緒に互い違いに並ぶマリーゴールドも。
敷居にはバラの花びらが撒かれています。さあ、女神様方、

いまです、いまこそ私の労作に鼓吹したまえ。
新たな作品に幸先よく不朽の誉れを織り込みたまえ。
　パンディーオーンの住まいに近い町々[*34]、
アクテーの丘と緋紫の貝が微笑む
テーセウスの岸の一帯のあいだの
町々のいずれにも引けを取らない名声を誇って
メガラは立つ。その城壁はアルカトオス[*35]が苦労して築いた。
アルカトオスにはポイボスの神助があった。
そのためまた、竪琴の鋭い音調を真似て
壁石が反響する。叩くとキュッレーネーの神[*36]のつぶやきを返す。
その音響によってポイボスのその昔の愛情を証言している[*37]。
この都を、その頃、他の誰よりも武力に秀でた
ミーノースが敵視し、艦隊をもって荒らしていた[*38]。
ポリュイードスが祖父の代の主客の縁からニーソス[*39]を頼り、
カルパトス海とカイラートス川[*40]を逃れて
身を寄せたからだ。彼を取り戻そうとゴルテューンの英雄[*41]は戦争を起こし、
クレータの矢でアッティカの田園を荒廃させていた。

しかし、そのとき市民も王[*42]自身も怯《ひる》むことはない。
襲撃の隊伍を組んで城壁へ殺到する軍勢を
撃破し[*43]、不敗の敵の士気を打ち砕く武勇を見せようとする。
それというのも、神々のお告げをしっかり覚えていたからだ。
王の頭頂を見ると、語るも驚くことながら、
白く輝く毛髪が左右のこめかみにふさふさと生えていた一方、
中央の天辺にはバラ色の房が上へ伸びていた。
このように生えた髪が無事に守られているかぎり、
ニーソスの祖国と王権は安泰であろうと、
パルカエ[*44]が不動の神意も固く一致して保証していた。
それゆえ、この大切な毛髪のために、あらゆる配慮が払われた。
定式の作法どおりに結ってから、黄金の髪留めの
アテーナイ風にセミを象《かたど》った滑らかなピン[*45]で留めた。
　この都の守護が無に帰すはずはなかったし、
これまではそうだったが、スキュッラが奇態な狂気に囚われた。
スキュッラは不幸な父と祖国を葬り去るべく生まれ、
ああ、ミーノースにあこがれ、恋しさがこぼれる目を向けた。

だが、そこには、かの悪童の神[*46]がいた。怒ったときには母親でも
御しえなかった。父親でもあり、祖父でもある
ユッピテルにも無理だった。愛神はカルターゴー[*47]の獅子を手なずけもし、
強大な力の虎をも柔和にできた。
人間を神々にも[*48]——だが、これは語るには大きすぎる話だ——
この童の仕業によって、このとき陰鬱な怒りを激しくつのらせたのが
ユーノー大女神だった。誓い破りの娘は、
ずっと以前のこと——だが、女神らはいつまでも偽誓を忘れない——
それと知らずに女神の禁断の住まいを穢したことがあった。
女神の祭儀に仕えたときに悪ふざけしたのだ。
婦人たちや仲間たちの一団から離れたところへ行くと、
体の上でたくし上げた衣をもてあそぶことを喜び、
襞を緩めて、吹きつける北風が膨らませるにまかせた。
まだ清純な供物が火にかけられてもいなかった、
まだ巫女が定式どおりの清水を身に浴びて、
頭に白いオリーブの葉を飾り終わってもいなかった。
そのとき手が滑って毬《まり》が転がった。転がったほうへ

乙女は駆けていった。戯れにかまけて
細身の体から黄金色の衣を緩めていなければよかったのに。
なんであれ、足の運びを抑え、走るのに邪魔になるように
着衣をこのときもいつものとおり身につけていればよかったのに。
それなら、その手が女神の神域を穢したことは一度もないと、
不幸な誓言をして、空しい偽誓をせずにすんだのに。
偽誓が災いしたと考える人があるなら[*49]、
愛情が原因だ。兄[*50]に彼女を見せることがユーノーには心配だった。
ところが、かの軽薄な神[*51]が——いつも処罰の対象として
口に出されたあらゆる言葉のうちに不正をさがしているので——
光り輝く矢筒から黄金の矢を引き抜くと
——ああ、それは必中の矢、放てば百発百中の矢[*52]——、
乙女のたおやかな心深くに鏃《やじり》を打ち込んだ。
　そうしてたちまち渇いた血脈に情火を吸い込み、
骨の髄まで強力な狂気をはらむや、
まるで寒冷の地に住むエードーネス族やビストネス族の非情な女[*53]、
あるいは蛮夷のツゲの笛に憑かれたキュベレーの女司祭[*54]のように、

悲運の乙女は都中を狂おしく駆けめぐる。
イーデーのストラクス[*55]で髪を香しくすることもなく、
深紅のシキュオーン靴[*56]でたおやかな足を守ることもなく、
色白の首に真珠の首飾りをかけることもない。
落ち着かぬ足取りで行方定めず走るかと思えば、
憔悴した様子で父の城壁に登ろうと戻ってくる。
櫓の高みを見に行くと口実を作る。
さらにまた、夜になると悲嘆の言葉を胸中にめぐらせながら
館[*57]の高い部屋から恋人を窺う。
数多くの灯火に照らされて明るい陣営を眺めやる。
糸紡ぎなど一切忘れ、高価な黄金も目に入らず、
竪琴が細い弦から高い響きを聞かせることもなく、
リビュアの象牙の筬《おさ》が柔らかな織り糸を打つこともない。
顔には赤みが浮かばない。赤みが出ると、恋の邪魔になるからだ。
これほどの苦しみを和らげるものを何一つ見出せず、
死の触手が体中に伸びるのを感じたとき、
苦痛が行けと命じるところへ、運命が向かえと強いるところへ

彼女は走る。恐ろしい虻に刺されたように[*58]まっしぐらに突き進む。
正気をなくし、父の頭頂から神聖な髪を
密かに刈り取り、狡猾な敵に届けようというのだ。
それが不幸な娘に示された唯一の条件だったからだ。
それとも、彼女は知らずにしたのか。心ある人なら、どんなことでも
信じられよう、この娘がこんな大罪を犯したと断ずるくらいなら。
ああ、それにしても悲運の娘、無知だとしても、どんな助けになろうか。
父王ニーソスよ[*59]、都を無残に劫略されたあと、
そなたにかろうじて唯一残る居場所は高い櫓の上のみながら、
そこに巣をかまえて疲れた身を落ち着けることができ、
鳥になっても恐れられよう。娘もそなたから罰を受けよう。
喜べ、高き雲の上を速足に翔け抜ける者どもよ、
海に、緑の森に、こだま響く聖林に
住まい、どこへも飛び回る鳥たちよ、喜べ、
さらには、人の体から姿を変えたあなた方、
残酷な運命の定めに従ったあなた方、ダウリスの娘ら[*60]よ、
喜びなさい。あなた方に愛しい鳥が加わったのだから。

王家の親族を増やし、身内の数に入る
キーリスと彼女の父だ。あなた方、かつては誰にも負けぬ美しい
肢体だった方々、群青の雲を飛び越えて天空に向かいなさい。
新生のウミワシは天上の神々の住まいまで高く舞い、
白く輝くキーリスは授かった誉れに昇りつめようから。
　すでに甘美な眠りに両眼をすっかり搦め取られていた
ニーソスの部屋の外では、夜を徹して警護兵が入り口の
扉をしっかり見張っていたが、甲斐はなかった。
スキュッラは密かに物音立てずに床から降りると、
夜の静けさにじっと聞き耳を立ててから、
嗚咽《おえつ》を押し殺して稀薄な空気を吸い込む。
それから、つま先立ちで抜き足差し足
部屋を出ると、合わせ刃のハサミを手に取り、
駆け出そうとする。だが、急に怖くなって力が失せた。
まず先に心に秘めた企てを蒼い影に告白する。
父の部屋の敷居に向かう通路のあたり、
自室の前方でしばし足を止め、空高くを

見上げて蒼天の星々が西へ傾く[*61]のに目をやると、
徳義を司る神々が受け取るはずのない捧げものを約束した。
　だが、テーバイゆかりのポイニークスの娘カルメー[*62]が、彼女の
起き上がるのに気づいた。老婆は物音がしたと思うや
――大理石の敷居の上で青銅製の枢《くるる》が軋《きし》んだのだった――
疲れ切っていまにも倒れそうな娘を即座につかまえ、
それと同時に言った。「大切な私のお嬢さま、
なにかありますね。体中を蒼白が覆っています。
病んだ血が細い血管を満たしています。
些細な気がかりからこんなことはしませんね。ありえません。
私の勘違いですか。ラムヌースの女神[*63]にかけて、勘違いならよいのですが。
でも、どうしてあなたがバッコスの甘露な盃にも、
ケレースの豊穣な稔り[*64]にも手をつけないのか、分かりません。
なぜ、おひとりでお父さまの寝所の前で見張りをしているのですか。
それも、こんな時間に。人の心からは気疲れが静まり、
川さえ流れの速さを和らげる時間ですのに。
さあ、言ってください。心配です。何度も尋ねましたが、少なくとも

誓言はなんでもないのですね。なぜ悲しげにお父さまの
麗しい髪のまわりで足を止めるのですか、お嬢さま。
なんてことでしょう。かの狂気[*65]があなたの体を冒していませんように。
その昔にアラビア娘ミュッラの目を虜《とりこ》にした狂気は
おぞましい罪を犯させます。アドラーステイア[*66]がそれを許しませぬよう。
ただ一つの過ちが、ご両親お二人ともを傷つけることになるのですから。
でも、なんであれ他の恋情に心を乱しているのでしたら
――あなたが心を乱していることは、私はアマトゥースの女神[*67]を
よく知っていますので、兆候から見て取れます――、
人に認められる恋をして普通の情火に身を蝕《むしば》まれているのでしたら、
私はここにましますディクテュンナ[*68]の神威にかけて、あなたに誓います。
あなたという愛しい養い子を私に授けたもっとも大切な神格にかけて、
私はどんなことでも、ふさわしかろうとなかろうと、労苦の
数千も厭いません。あなたがこんな悲しみのうちに
やつれ果て、死にそうなほど憔悴するのを見ていられませんから」。
　こう話すと、そのとき羽織っていた柔らかな衣を
娘にかけて、冷えた体をくるんだ。

それまで娘がサフラン色の薄衣をたくし上げた姿で立っていたからだ。
それから涙の滴《しずく》に濡れた頬にやさしい口づけを寄せながら、
なお諦めることなく不憫な憔悴の原因を聞き出そうとする。
それでも、すぐには一言の返事もさせず、
まずは体を震わせている娘の真っ白な足を部屋の中に戻させた。
すると、娘は言った。「乳母よ、どうして私を苦しめるの。
どうしてそんなに息せき切って私の狂気を知ろうとするの。
私の身を焦がす恋は、世間で見慣れたものではない。
私の眼差しを引きつけるのは、知った仲の人の顔ではない。
父を思ってもいない。むしろ、みんな嫌いなの。
心から愛するものは、ここにはない。乳母よ、愛すべきもの、
うわべだけでも愛情の影が潜むようなものすら見当たらない。
それは戦列の真ん中、敵軍の真ん中にある。ああ、
どう言えばいいの。この身を苛《さいな》む苦しみをどう話し始めればいいの。
でも言うわ。だって、言わずにいるのを、乳母よ、あなたが
許さないから。でも、これは死ぬ前の最後の務めと思ってちょうだい。
ほら、あそこを見て。私たちの城壁の前に居座る敵。

彼には神々の父王がみずから誉れ高い王笏を授けた。[*69]
彼にはパルカエ[*70]がいかなる負傷も蒙らないことを認めた。
——言わないといけないけれど、全部を総ざらい口に出すのは無駄ね——
その彼なの。私の胸を攻囲しているのも同じミーノースなの。
だから、あなたに心からお願いする。神々の溢れる愛にかけて、
養い子として恩義あるあなたの尊い胸にかけて、
どうか私を助ける力があるのなら、私を滅ぼそうとは思わないで。
でも、願った救いの望みが断たれたときは、
それが私の業なのだから、乳母よ、死ぬことを恨まないで。
どこまでも心優しいカルメーよ、あなたが悪しき、そう、悪しき
偶然か神の導きで私の目の前に現れていなかったら、
この刃物で」——そう言いながら衣に隠していた刃物を出して見せた——
「私は父の頭頂から深紅の髪を切り取っていたか、
さもなくば、その場で我が身を打って死に果てていたはず」。
　彼女がこのような言葉を発するや、暗澹たる悲劇に恐れおののき、
罪のない髪いっぱいに砂をかけて汚してから、
カルメーはひどく嘆いた。老婆は泣いて声を張り上げた。

「ああ、私の前にまたも残酷なミーノースが戻ってきたのか。
ああ、年老いた私にまたもミーノースが仇をなすのか。
いつも同じ男が原因だ。以前は娘だった。
分別をなくした養い子には恋が悲嘆をもたらした。
囚われの身をこれほど遠くまで連れ去られてきても駄目なのか。
これほど重い隷従、これほど過酷な労苦を耐えたあとでも
逃げられないのか。私の子らが二度も残酷に滅ぼされるのか。
私はもう取りすぎるほど歳を取ったけれど、もはや一人もない、
私に生きる望みを与えて生きる子は。私は気がおかしかったのか、なぜ、
私に弔いを施す唯一の希望たるブリトマルティス[*71]が奪い去られたあと、
ブリトマルティス亡きあとに、なおまだ生き長らえることができたのか。
願わくは、おまえがあれほど俊足のディアーナに愛でられ、
乙女の身を男どものする狩猟に投じなければよかったのに。
パルティアの弓からクノッソス[*72]の矢の狙いを定め、
ディクテー[*73]の山羊をなじみの草地に駆り立てなければよかったのに。
あれほど強情にミーノースの求愛から逃げずともよかった。
おまえはそびえ立つ山の頂《いただき》から真っ逆さまに姿を消した。

そこから逃げたと伝える人たちは、処女神アパイアーの
神威に与《あずか》ったとも言い、あるいは、いっそう世に知られるよう、
おまえをルーナ・ディクテュンナ[*74]という名前で呼んだ。
これが本当であってほしいが、私にすれば、娘よ、おまえは死んだ。
私は二度と、おまえが飛ぶように稜線上を走る姿を、
ヒュルカーニア[*75]の狩猟仲間や野獣の群れのあいだに入った姿を
見ることはなく、戻ってきたおまえを抱きしめることもないのだから。
けれども、このこともまだそれほど辛く残念ではありませんでした。
愛しいお嬢さま、あなたにかける期待がまだ少しも損なわれぬまま、
あなたの言葉がまだ私の耳を穢さずにいるときだったからです。
あなたまでも私は残酷な運に奪われてしまったのでしょうか。
あなたまでも。私が年老いて生きる唯一の理由ですのに。
幾度となく甲斐なきことながら、すやすや眠るあなたに魅せられ、
召されても自然な歳ですのに、私は死にたくないと心に決めました。
あなたのためにコーリュコス[*76]の黄色の花嫁ヴェールを織るためでしたが、
凶運を負う方よ、いまなんのために、どんな運命が私を生かしておくのでしょう。
どんな定めか、ご存じないのですか。お父さまの頭頂から

生え出て銀色の白髪を縁取る深紅の毛髪こそ、
祖国の希望がこの細い房にかかるものです。
ご存じないなら、救われる希望がもてます。
あなたはおぞましい悪行をそれと知らずに試みたのですから。
でも、私が恐れるとおりなら、愛しいお嬢さま、あなたとあなたが
不幸な私にことあるごとに示してくれた愛にかけて、
あなたと神聖なエイレイテューイアの神威にかけて願います。[*77]
こんな大罪に走らないで。そこまで分別をなくさないでください。
もう火のついたあなたには、しようとしても無理ですから、
恋から引き離そうとはしません。神々と争うこともしません。
でも、お父さまの王国が無事なまま結婚の日を迎えること、
とにかく、お嬢さま、あなたに故国があることを望んでください。
このことだけは流浪して身をもって学んだ私が勧めます。
でも、もし他にどうやってもお父さまの意向を
変えられないとき——でも、できます。一人娘に何ができないでしょう——、
そのときはもうお考えのとおり、親子の仲で許されましょうから、
痛みをともなう行為に理由と時機を得たとき、

そのときはもう、あなたが一度手をつけた企てに戻りなさい。
私も神々も、愛しいお嬢さま、あなたについています。
約束します。どんなことも手順を踏めば仕上げに長くはかかりません」。
　このように悩める心の熱を和らげる
言葉をかけ、病める胸を元気の出る希望で癒してから、
彼女は震える手で少しずつ乙女の頬をヴェールで覆い、
暗闇によって穏やかな安らぎを得ようと、
ランプを傾け、油を灯芯にかけて灯りを消しつつ、
しきりに鼓動を打つ狂おしい胸に
手を伸ばし、絶えず手のひらで体をさする。
その夜は、そうして悲しみのうちに死の淵にある養い子の
冷え切った目の上にかぶさるようにして、その姿勢を肘で支え続けた。
　翌朝、晴れやかに人々を慈《いつく》しむ日輪と
それを先導する星が涼しいオイテーの山端から現れたとき[*78]
――この星を気弱な娘らは嫌って避けも好んで欲しもする。
宵に輝くときは避け、夜明けに燃え立つときは欲する――、
乙女は乳母の忠告に従って、ありとあらゆる

結婚の理由を懸命にいたるところから探し求める。
さぐるように父の耳に落ち着いた声を聞かせ、
平和はよいもの、よいことがあると讃えるが、ほとんどの話が
乙女には初めての不慣れなものゆえ、不器用に語られて要領を得ない。
いまにも戦争になって生死を争うかと思うと体が震える、
えこひいきしない神も怖いと言うかと思えば、王の友人たちに
——直接は憚《はばか》られたので——泣いて悲しみを訴えた、父は無情だ、
ユッピテルと孫を分かち合う[*79]ことを望まないのだから、と。
さらには、恥ずべき策略によって練り上げた嘘を
こしらえると、神々を畏れよ、と同胞市民を脅す。
また、八方からそれぞれ異なる——見つけるに事欠かぬ——予兆をさがす。
それればかりか、大胆にも清廉な神官らを籠絡しようとし、
神事の刀に打たれて犠牲獣が倒れたとき、
はらわたに現れたしるしからミーノースを婿として
迎え入れよ、先の分からぬ戦いを切り上げよ、と進言させようとした。
　乳母は乳母で陶製の平皿に硫黄を調合し、
スイセンとカッシアの香しい葉に火を点ける。

三色の異なる九本の糸を三度結びながら
言った。「お嬢さま、私と一緒に三度胸の中に唾を呑み込みなさい。
三度唾を呑み込みなさい、お嬢さま。神は奇数を喜びます」。
それから魔術を司るユッピテルのために、せっせと繰り返し祭儀を執り行う。[80]
それはイーデーの老女もギリシアの老女も知らない祭儀だった。
祭壇にアミュクライの若枝を振りまき[81]ながら、
イオルコスの呪文[82]で王の心を仕留めようとする。
しかし、いかなるまやかしにもニーソスの恒心は揺るがない。
人間にも神々にもなびかせることはできない。
それほど大きな自信を毛髪の小さな房が与え、守り通せると思っていた。
すると、はじめに戻り、養い子と一緒に力を合わせる。
もとに戻って、深紅の髪を刈り取る準備をする。
いまや、これほど長く待たされた恋に助力したくてならないからだ。
しかしながら、クレータの町に帰還することが
喜びだからではない。灰となり、墓に入っても祖国は嬉しいものだが。
　それゆえ、いままたスキュッラは父の頭の敵となる。
このときシードーン[83]の深紅に萌える髪が切り落とされ、

このときメガラが攻略され、神々のお告げが実現する。
このとき奇妙な仕方で艫高き船から吊るされ、
水色の海を越えてニーソスの娘が引きずられてゆく。[84]
その姿に数多くのニンフらが波間で驚き見入る。
父神オーケアノスも、銀色のテーテュース[85]も驚き見入る。
見逃すまいと姉妹ともどもガラテイア[86]も駆けつける。
その姿にまた、大海を軛《くびき》につないだ魚か
二本足の馬たち[87]が曳く灰色の戦車で渡る
レウコテアーと女神の幼い息子パライモーン[88]も見入る。
さらに、かの命の光を交互に定められた
ユッピテルの愛しい子ら、ユッピテルの偉大な子孫たる
テュンダリダイ[89]も、乙女の雪のように白い肢体に驚き見入る。
じつに声のかぎり彼女は恨み言を空に
響かせるが、嘆きは波間に空しく落ちる。
悲運の娘は天に向けて燃える眼差しを向ける。
眼差ししかなかった。たおやかな手は拘束されていたからだ。
「吹き乱れる風たちよ、しばし勢いを抑えておくれ。

そのあいだに嘆きを吐き、神々に——その立ち会いのもとでは何一つ
成就できなかったけれど——死ぬにしても最期の呼びかけをしようから。
それだから、私は、風よ、そよ風よ、おまえたちに立ち会ってもらおう。
それに、あなた方、あなた方ももとは人の子だったのなら[*90]、
見ていますか。私は誰あろう、あなた方と血縁がある
スキュッラです。こう言うあいだ、プロクネー[*91]が無事でいますように。
私は誰あろう、権勢を誇るニーソスの娘だった女、
ギリシア中から王侯が競って求婚しました。
ヘッレースポントス[*92]の湾曲した岸辺に囲まれる国々からもです。
私は誰あろう、ミーノースよ、神聖な契りを結んだ妻だと
あなたが言った女です。聞いてはいなくても、この言葉が聞こえますね。
私は縛られたまま渡っていくのですか、こんなにも渦巻く波間を。
縛られて吊り下げられたままでしょうか、幾日もこのままずっと。
私も争える立場ではありません、他にふさわしい
処罰の仕方があるなどと。私はこうして祖国と大切なわが家を
敵の手に、そうとは知らず[*93]非情な暴君の手に渡したのですから。
でも、ミーノースよ、私がこんな罪深い仕打ちを受けるとすれば、

私たちの結んだ契りがなにかのめぐり合わせで露見したとき、
都の城壁を壊され、私の残酷な手で神殿に
火をかけられた人々によってだろう、と考えていました。
でも、あなたが勝利を収めれば、仮に星辰が軌道を
変えることがあっても、あなたが私を捕えてこんな目に
遭わせるとは思いませんでした。いまや罪悪がすべてに勝ったのです。
そんなあなたを私は父の王権より愛したのでしょうか。ひどい女です。
そんなあなたを、ですか。不思議はありません。小娘が顔に騙され
——見たとたんに首ったけ、なんという悪しき迷路にはまったことか——、
あなたの容姿からはまったく想像もできませんでした、
こんな悪が生まれるとは。星さえ誑《たぶら》かす美しさです。[*94]
私の心を動かしたのは、王宮に溢れる贅沢品ではありません。
壊れやすいサンゴや涙色の琥珀ではありません。
私は同じくらい咲き誇る容姿の娘らにも、
神々の罰が当たらないかという心配にも引きとめられませんでした。
あらゆるものに愛が勝ちました。[*95]何に愛が勝てなかったでしょうか。
私はもう額《ひたい》からしっとりした没薬を滴《したた》らせはしません。

婚礼の松明《たいまつ》を点《とも》して貞潔な香りを振りまくこともありません。
リビュアの床にアッシュリアの深紅の敷物を布《し》くこともありません。
些細な嘆きです。私には、慈しみを分け隔てなく
誰にでも授ける大地すら砂をかけて弔いをしてくれないでしょう。
私には母親たち、ミトラをかぶる婦人たちのあいだで侍女となることも、
私には他の女たちのあいだで小間使いの務めを果たすことも、
あなたの奥様、どなたであるにせよ、幸せな方のために
たっぷりの糸を紡錘《つむ》に巻き取ることも叶わなかったのでしょうか。
でも、せめて戦争の掟に従って捕らわれ女の私を殺してほしかった。
[*96]いまや、ついに疲れた体から力が抜け去り、
曲がった頸の上に頭が重く垂れています。
真っ白だった腕に縄目に絞められた青あざがついています。
巨大な体を大洋に出没させる海の怪物が
八方から集まって取り囲み、灰色の海面に
尾を打ちつけ、口を開いて脅しています。
もういいでしょう、ミーノースよ、人の不運に目を向けてください。
ここまでにしてください。もう一人でこんな酷い目に遭ったのですから。

私にこの災厄を定めていたのは運命であるとしてもかまいません。
不確かな偶然でもかまいませんし、結局、自業自得としてもかまいません。
なんでもよいのです、あなたのせいだったと考えるよりは」。
　そのあいだにも艦隊は岸を離れて滑るように進む。
急に吹き始めた北西風が帆を大きく膨らませる。
青い潮路に櫂《かい》がしなる。乙女は疲れ果てた。
長い航路のあいだに嘆きの言葉も力を失って消え入る。
狭い関門に封じられたイストモスをあとにして、
キュプセロスの偉大な息子[*97]が君臨して栄えたコリントス、
さらにはスケイローン[*98]の切り立った崖を通過する。
同郷人に仇なす忌まわしい亀の洞穴[*99]、
大勢の客人の血にまみれた岩場を過ぎる。
いまや安全なペイライエウス[*100]の港が遠くに見える。
なじみある——ああ、それもいまは空しい——アテーナイが背後に見える。
いまや振り返ると、サラミースの田野が波間のはるか向こうとなり、
いまや、賑やかなキュクラデスが見えてくる。こちらの入江は
スーニオン、その向かいにヘルミオネーの宿場町が開ける。

デーロスもあとにする。他のどこよりもこの島を格別に愛でたのは、
ネーレーイデスの母神[*101]とエーゲ海のネプトゥーヌス。
波で泡立つ岸に縁どられたキュトノスを眺めやるあいだに、
大理石が白く輝くパロスや緑なすドニューサに近づき、
アイギーナや救いをもたらすセリーポスのそばを進む。
進むにつれ、針路をすべて不確かな風に握られて翻弄される。
あたかも、小舟が大艦隊のあとについていくと、
アフリカのつむじ風が冬の海で荒れ狂うときのよう。
　ついには、あの美しい姿が波に苛《さいな》まれることに耐えられず、
乙女の憐れむべき体を変身させたのは
群青の王国を治めるネプトゥーヌスの后[*102]であったが、
娘を永遠に鱗で被い、
柔肌の身を不実な魚たちの仲間に入れようとは
——アンピトリーテーに従う群れは貪欲にすぎるため——考えなかった。[*103]
それよりも、空を舞う翼で宙に支え、
地上での行為にちなんで[*104]キーリスに変えた。
レーデーが変じたアミュクライの鶩鳥[*105]より美しいキーリスだった。

このとき、あたかも白い卵の中で最初に柔らかな
形が現れて息をし、四肢の各部位が
まだ出来上がらずに浮遊しているものの、生まれたての熱で固まるように、
そのように、スキュッラの海水にもまれた体は
どちらともつかない部位を残して、なかば野生の肢体となってから、
どこも形が変わり、どこも姿を変えていった。
最初に誉れ高い顔、多くの人があこがれた唇、
見目《みめ》麗《うるわ》しい広い額が一つ所にかたまり、
顎が延びて細い嘴《くちばし》を作り始める。
次いで、頭髪を真ん中で分けていたあたりに、
なんと突如として、父の誉れを写したかのように、
深紅の髪が頭の天辺で揺れた。
その一方で、多彩な色を織り込んだ柔らかな羽毛に
覆われた翼が大理石のように白い体を包み、
しなやかな腕から隙間なく羽が伸びた。
それから、他の部位と照り映える朱に染まった
脚は見る影なくすっかり痩せ、新奇な肌に覆われる。

柔らかな足先には鋭い爪がついた。
それでも、不幸な娘にやっと差し向けられたこのような救いは
ネプトゥーヌスのやさしい后にとうていふさわしくはなかった。
このあと二度となかった、彼女が身内の目に見守られて
金髪に緋色のリボンを留めることも、
迎えてくれるシュリアのアモーモン香る寝室もなければ、
いかなる住まいもなかった。住まいがあっても、どうにもならなかった。
彼女は白波の中からすばやく飛んだ。
翼で風切る音とともに空へ向かって舞い上がり、
広く海面一帯に滴《しずく》の雨を振りまいた。
悲運の乙女は、死から生還したのも空しく、
寂しい岩の上で荒れ果てた余生を過ごしている。
岩場や崖や海岸、どこにも人影はない。
　けれども、これだけではすまず、罰が下される。神々の王が
地上の何千という国々のすべてに支配権を揮《ふる》う立場から、
あのような娘が天界まで飛んでくるのに激昂したからだ。
父親はすでに没して暗闇の下に隠れていたが、

その敬虔さゆえに――というのは、いくたびも艶《つや》やかな
牡牛の血を祭壇に振りまいて嘆願し、
いくたびも神々の御座所を溢れる供物で飾っていたので――
姿を変えてあこがれの命を戻してやった。
神は彼がこの世でウミワシになるように計らった。
ひらめく翼のワシがつねにかの神を喜ばすからであろう。
だが、娘には不幸なことだった。罪の裁きは神々の、そして、
父神の息子と后[*106]の審判によってすでに下されていたが、
これに恨みを抱く父の残酷な憎しみが加わったからだ。
ちょうど天空の道筋に[*107]ある星座の中でひときわ輝き、
神々がただ一つ二倍の大きさで星の仲間に加えた
サソリが明るく光るオーリーオーンを追い払ってこれに代わる[*108]ように、
そのように互いのあいだに陰鬱な怒りをウミワシも
キーリスものちのちの世まで持ち続ける。それが忘れえぬ運命だった。
キーリスが天空を軽やかに翼で割きつつどこへ逃げようとも、
見よ、敵意すさまじく、風切る音も高く空を渡って
追いかけるはニーソス。ニーソスが空高く迫れば、

キーリスは天空を軽やかに翼で割きつつ逃げる。*109

訳注

*1 九一行までは「序言」。本作が捧げられるメッサッラ（一二行）に宛てて、詩人がいま哲学の道を志しながらも、その前にスキュッラ＝キーリスの物語を取り上げて歌うことを示す前半五三行までと、五四行以降、物語をどのように綴るかを示す後半に分かれる。

*2 エピクーロスが哲学修養のためにアテーナイに開いた庭園。次行の「知恵」と呼応してエピクーロス派の哲学を象徴する。

*3 ルクレーティウス『事物の本性について』のような哲学詩。三七—三九行参照。

*4 詩歌を司る姉妹神。ここでは「詩」ないし「詩作」の含意。

*5 マルクス・ヴァレリウス・メッサッラ・コルウィーヌス（前六四—後八または一二年）。ローマの将軍で文壇のパトロン。

*6 一二行から一三行前半は写本の乱れがはなはだしい。Kayachev に従って訳出した。

*7 プラトーン、アリストテレース、ゼーノーン、エピクーロスを指す。

*8 機知や繊細な技巧の彫琢を目指したヘレニズム的詩作のこと。

*9 哲学詩（五行参照）を含む叙事詩のような高踏な詩作ジャンルを指す。

*10 アテーナイの王。建都の王エリクトニオスの孫（あるいは、これと同一視される場合もある）。

*11 アテーナイで五年ごとに催されたパンアテーナイ祭において、女神パッラス・アテーネー（＝ミネルウァ）に捧げられた衣。

*12 オッサとオリュンポス（「天界」を意味することがあるが、この場合）は、ともにテッサリアの山。

巨人族は、これらの山を積み重ねて天界へ攻め上がろうとした。エーマティアは、本来（マケドニア南部から）テッサリアの北部地域のことだが、ここではテッサリアと同義。

＊13　テキストに欠落があり、文脈から補う。

＊14　「空の高みで」は、ウェルギリウス『農耕詩』でニーソスとスキュッラに言及した六行（一・四〇四―四〇九）のうち四〇四行でも使われている同一の詩句。五二、五三八―五四一行も参照。

＊15　「目にした」は写本の読み（uiderit）に従ったが、「増やした（auxerit）」という読みも報告されており、このあと二〇一―二〇二行の言及とも合致するので、底本はこちらを採用している。

＊16　「罰を真っ赤な毛髪の代償として」は、ウェルギリウス『農耕詩』一・四〇五でも使われている同一の詩句。

＊17　詩歌を司る姉妹神ムーサイの一人。「たくさんの褒め歌」を意味する名前。

＊18　以下、六九行まで本詩編が取り上げるスキュッラと同名で同じく怪物に変身した別の娘についての伝承への言及。

＊19　メッシーナ海峡のイタリア側の岩場に棲み、上半身は乙女、下半身は六頭の猛犬という姿で、通りかかる船を襲ったとされる。

＊20　オデュッセウスの領内の島。ここでは「オデュッセウス」を含意。

＊21　ホメーロス『オデュッセイア』一二・二四五―二五九。

＊22　ホメーロスの叙事詩のこと。マイオニアは、ホメーロスの生地とされる小アジア西部リューディア地方のこと。

＊23　何を指すものか詳細不明。また、「悪しき（malus）」は「原拠（auctor）」（ないし「創始者」）がホメーロスと並置される文脈から「良い」という含意の語が期待されるところで、さまざまな修正提案があるが決め手はない。加えて、以下八八行までスキュッラについていくつかの異伝が言及されるが、明確に

同定できる他の典拠はホメーロスを別として伝存していない。
＊24　リューディアの町。ホメーロス誕生の地と言われる町の一つ。
＊25　ホメーロス『オデュッセイア』一二・一二四―一二五。
＊26　ヒュギーヌス『神話伝説集』一五一は、テューポーンと上半身が女性で下半身が蛇の怪物エキドナからスキュッラが生まれたと伝え、アポッロドーロス『ビブリオテーケー（ギリシア神話）』一・六・三には、テューポーンについて、腿までが人間で、その下が蛇の姿と記される。
＊27　海神ポセイドーンのこと。次行のアンピトリーテーは、その妻で海の女神。
＊28　底本は叙述が不完全だとして、七六行のあとに欠落を想定している。
＊29　シキリア南東端の岬。
＊30　ウェヌス（＝アプロディーテー）のこと。キュプロスの町パポスに信仰の中心をなす神域があった。オウィディウス『変身物語』一〇・二三八以下では、パポスの縁起の発端にウェヌスの怒りを買って体をひさぎ、ついには石に変身した女たちの話が語られている。
＊31　写本の読み omnia sim（omnia sunt, omne suam）は意味をなさず、さまざまな推測提案があるが、Kayachev の提案 formosam に従って訳出した。
＊32　写本の読み cocos（ないし cecoc）は意味をなさず、底本は修正不能のしるしを付してそのまま印刷しているが、推測提案の一つ doctos を採用して訳出した。「喜ばしい（laetos）」、「洗練された（cultos）」、「甘美な（dulces）」などの提案もある。
＊33　ギリシア北部のムーサ信仰の地。
＊34　パンディーオーンはアテーナイの王、次行のアクテーはアテーナイを中心とする地方アッティカの古名、次々行のテーセウスはアテーナイの英雄であるので、一〇一―一〇三行は全体でアテーナイ周辺の町々への言及になっている。

＊35　小アジア南部カーリア地方のレレゲス人の王で、メガラを建都した。

＊36　メルクリウス（＝ヘルメース）のこと。ペロポンネーソス半島中央部アルカディア地方の山キュッレーネーで生まれたことによる呼び名。メルクリウスは竪琴の発明者とされることから、その「つぶやき」とは竪琴の響きを指す。

＊37　オウィディウス『変身物語』八・一四—一六では、ポイボスが城壁に黄金の竪琴を置いたことから、その音が壁石にしみついた、と語られている。

＊38　クレータ王ミーノースがメガラを攻めた理由について、このあと、ポリュイードス（ミーノースの幼い息子グラウコスを生き返らせたとされる予言者。アポッロドーロス『ビブリオテーケー（ギリシア神話）』三・三）を取り戻そうとしたためと説明されるが、そうした伝承を伝える典拠は他にない。一般には、ミーノースは息子アンドロゲオースをアテーナイ訪問中に殺害された復讐としてアテーナイに戦争を仕掛け、まずアテーナイに味方する周辺国に矛先を向ける中でメガラの攻略を目指したとされる（オウィディウス『変身物語』七・四五五以下、八・六—七参照）。

＊39　メガラの王。スキュッラの父。

＊40　カルパトス海は、クレータの東の海域。カイラートスは、クレータを流れる川。

＊41　ミーノースのこと。ゴルテューンは、クレータの都の一つで、クレータと同義でよく用いられる。

＊42　一二四行に名前の出るニーソス。

＊43　修正提案の一つ（deicere）に従って訳出した。底本は一一七行のあとに欠行を想定している。

＊44　運命（ないし人の寿命）を司る姉妹神。

＊45　アテーナイ人には黄金のセミを象った髪留めをする習慣があったという（トゥーキューディデース『歴史』一・六・三）。

＊46　愛神クピードー（＝エロース）のこと。母はウェヌス（＝アプロディーテー）、父はユッピテル（＝

ゼウス）。

＊47　ユッピテルはウェヌスの父親でもあるので、その点ではクピードーの「祖父」。

＊48　「結び合わせる」といった意味の言葉を言いかけてやめたと想定される。

＊49　次行の帰結文との脈絡が不明瞭なため、底本は一五七行の前に欠行を想定している。

＊50　ユッピテルのこと。ユーノーは、ユッピテルの妻であると同時に妹でもある。美しい娘に目がないユッピテルの浮気をつねに心配している。

＊51　クピードーのこと。

＊52　修正提案（ferientia, penetrantia）を参考に訳出した。

＊53　エードーネスとビストネスは、ギリシア北方のトラーキアの部族。酒神バッコスを熱狂的に信奉するトラーキアの女性たち（特に詩聖オルペウスを八つ裂きにした物語）をイメージする。

＊54　キュベレーは、プリュギアの大地母神。去勢した神官が祭儀を営み、（ツゲ製の）笛、カスタネット、シンバルなどで騒がしく盛り上げた。

＊55　エゴノキ属の樹木の樹脂で作られた香料。

＊56　おしゃれとされた靴（ルクレーティウス『事物の本性について』四・一一二五）。

＊57　修正提案（arcis, tecti）を参考に訳出した。

＊58　比喩について、アポッローニオス『アルゴナウティカ』一・一二六九参照。

＊59　一九一―二〇五行は、父娘が鳥に変身する結末を先取りしての慨嘆。

＊60　ダウリスは、ポーキス地方の町。トゥーキューディデース『歴史』二・二九・三には、ここにテーレウスとトラーキア人が住んでいて、イテュス殺害もこの地でなされ、詩人たちが夜鳴きウグイスのことをダウリスの鳥と呼んでいると記されている。この伝承については、四一〇行および後注＊91参照。

＊61　「西へ傾く」は写本の読み（nutantia）についての Kayachev の解釈に従う。多くの校本は「またた

く(nictantia)」という修正提案を採用している。

＊62　ポイニークスは、フェニキアの王アゲーノールの息子。王の娘エウローペーが白い雄牛に化けたゼウス(＝ユッピテル)神にさらわれたとき、王の指示で他の兄弟とともにエウローペー捜索に出たが見つからず、のちにフェニキアの都となるシードーンのあたりに入植した。同じようにエウローペーを見つけられなかった兄弟の一人カドモスがギリシアに渡ってテーバイを建国したことから、「テーバイゆかりの」と言われる。エウローペーはクレータに渡ってゼウスとのあいだにミーノースをもうけたので、カルメーはミーノースと血縁関係――ポイニークスとエウローペーが兄妹なら従姉弟関係だが、父娘という伝承もあり、その場合は伯母と甥の関係――にある。その彼女がメガラで乳母となっているのは、このあとの二九〇―二九一行での彼女自身の言葉から、捕らわれて奴隷に身を落としたとされているためだが、おそらくこれは『キーリス』の詩人の創作。

＊63　因果応報の女神ネメシスのこと。アッティカ地方のラムヌースに神殿があった。

＊64　ケレース(＝デーメーテール)は五穀豊穣の女神であるので、パンのこと。

＊65　キュプロスの王である父キニュラースに恋し、正体を隠して交わって美少年アドーニスをもうけ、自身は没薬の木に変身した娘。「ズミュルナ」とも綴られ、キンナが小叙事詩に描いたことが知られる。物語の詳細は、オウィディウス『変身物語』一〇・二九八―五〇二参照。

＊66　ネメシス(二二八行参照)の別名。

＊67　ウェヌスのこと。アマトゥースは、キュプロス南岸の町で女神の神域。

＊68　森と狩猟、月を司る処女神ディアーナ(＝アルテミス)の別名。この女神と乳母カルメーの関わりについては、このあと二九四行以下で語られる。

＊69　前注＊62参照。

＊70　一二五行参照。

＊71　カッリマコス『讃歌』三・一八九－二〇三では、森と狩猟の女神アルテミス（＝ディアーナ）に愛でられたニンフとされ、彼女に恋したミーノースに九ヵ月追い回されて、ついに捕まりそうになったとき、崖から海に身を投げたが、漁師の網の中に落ちて助かったことから、「漁網」（ギリシア語の複数形で「ディクテュア」）にちなんでディクテューナのニンフと呼ばれ、身投げした場所はディクタイオンの名がついて祭壇と供物が捧げられるようになったと語られている。その一方、アントーニーヌス・リーベラーリス『メタモルフォーシス（ギリシア変身物語集）』四〇では、ゼウスとカルメーの娘とされ、クレータでの「漁網」にちなむディクテュンナの神格名の縁起譚の他、そののち、漁師の一人とアイギーナに行ったとき、彼女と交わろうとした漁師から森へ逃げて「姿を消した」（ギリシア語で「アパネース」）ことから、アイギーナ人がアパイアーと呼んでアルテミスの神域内にある彼女が姿を消した森で崇めたことが記されている。パウサニアース『ギリシア案内記』二・三〇・三にも言及されるが、そこでは、アパイアーの由来は漁網が「放たれた」（ギリシア語で「アペイメナ」）に求められ、二つの名前の縁起はいずれもクレータでの出来事とされている。

＊72　東方の国パルティアの兵は弓で、クレータ（クノッソスはその都）は矢で有名であるので、「必発必中の弓矢」ほどの含意。

＊73　クレータの山。

＊74　ルーナは、月の女神で、ディアーナと同じ。また、ディクテュンナも、ディアーナの呼称として用いられる。

＊75　カスピ海南東岸の地域。野獣、特に虎の生息地としてイメージされた。

＊76　サフランで知られたキリキアの町。

＊77　三二六行は全体が判読困難で、修正提案を参考に訳出した。なお、エイレイテューイアは、お産を司る女神。

＊78　『ブヨの歌』二〇三参照。

＊79　ミーノースがユッピテルの子であることから。

＊80　写本の読みは「ユッピテル大神のために、冷ややかな祭儀を繰り返す（magno geminat loui frigidula sacra）」だが、韻律に適合していない。修正提案を参考にして、mago geminata loui fert sedula sacra と読んだ。

＊81　曖昧な表現。アミュクライは、スパルタ近くの町。水に浸したオリーブあるいは月桂樹の枝で滴をかけることを含意したものとも考えられるが、はっきりしない。

＊82　イオルコスは、テッサリアの町で、ここでは魔術や呪文で有名なテッサリアの含意。

＊83　フェニキアの都。フェニキアが緋色染料で有名であったことから、「深紅」の枕詞のように使われている。

＊84　ニーソスの髪を刈り取ったあとのスキュッラとミーノースのあいだでどのようなことがあったのかは明瞭に語られていない。四一四―四一五行でのスキュッラの言葉は、ミーノースが一度は彼女を妻とすることで彼女に返礼したように聞こえる。それがどうして酷い仕打ちをするように変わったのか分からないが、それによって理不尽さを強調したものかもしれない。オウィディウス『変身物語』八・八一―一四四では、ニーソスの髪を土産に勇んで現れたスキュッラはミーノースから凶悪な罪業ゆえに忌み嫌われて相手にされず、メガラ陥落後、出帆したミーノースの船に泳いで追いつき、しがみついた、と語られている。

＊85　オーケアノスは、大洋神。テーテュースは、その妻で海の神格。

＊86　「姉妹」は、ネーレーイデスと呼ばれる海神ネーレウスの娘たち。ガラテイアは、その一人。

＊87　「魚」はイルカ、「二本足の馬」は腰から上が馬、下が魚の怪物。

＊88　航海を司る母子の神格。

＊89　「テュンダレオスの子ら」の意味で、スパルタ王テュンダレオスの妻レーデーとユッピテル（＝ゼウス）が交わってもうけたポリュデウケースとカストールの双子の息子のこと。カストールはテュンダレオスの胤を引いて死すべき身であったので、ユッピテルの胤を引いて不死であったポリュデウケースと天界の命を交互に分け合った。

＊90　「あなた方」は鳥類を指すとするKayachevの解釈に従う。アテーナイオス『食卓の賢人たち』九・四九「ボイオスは『鳥類譜』で言っている。〔…〕概して、これらの話の作者は、すべての鳥はもとは人間に生まれたと語っている」。

＊91　パンディーオーン（一〇一行参照）の娘。トラーキア王テーレウスの妻となり、息子イテュスをもうけたが、テーレウスが彼女の妹ピロメーラーを犯したことから、その復讐として妹とともにイテュスを殺して調理し、テーレウスに食べさせた。激怒したテーレウスに追われて（彼自身はヤツガシラに変身し）、プロクネーはツバメに、ピロメーラーは夜鳴きウグイスに変身した。「無事でいますように」は、この悲劇を踏まえてのものか。

＊92　現在のダーダネルス海峡のことだが、ホメーロス『イーリアス』二・八四四―八四五には、「ヘッレースポントスに囲まれる土地」としてトラーキアが言及されている。

＊93　「知らず（ignara）」の代わりに「知りつつ（gnara）」とする修正提案もある。

＊94　「星さえ（uel sidera）」は写本の読みに従って訳出したが、四二五行の「仮に星辰が（uel sidera）」からの紛れ込みの可能性が指摘され、「星」は「神々」の含意であることが期待される文脈であることから、「神格さえ（uel numina）」という読み替え提案がある。

＊95　ウェルギリウス『牧歌』一〇・六九「あらゆるものに「愛」は勝つ。私たちも「愛」に服従しよう」。

＊96　底本は四四八―四五三行を四七七行のあとに移す入れ替え提案を採用している。そちらのほうが衰弱した姿の描写とつながりがよい、という見方からである。

＊97　ペリアンドロス（前六二七―五八五年在位）のこと。ギリシア七賢人の一人に数えられる。
＊98　メガラに通じる街道上で旅人を崖から投げ落として強盗を働いていた悪人。
＊99　詳細不明。
＊100　アテーナイの外港。現在のピレウス。
＊101　海の女神ドーリスのこと。ネーレーイデス（三九三行および前注＊86参照）の母。
＊102　四八六行に名前の出るアンピトリーテーのこと。
＊103　ヒュギーヌス『神話伝説集』一九八・四では、キーリスという同じ名前ながら魚に変身し、それをニーソスの化身である鳥が見つけると、いつも海に飛び込んで爪で引き裂いたとされている。
＊104　キーリスの名が「刈り取る」という意味のギリシア語ケイレインにちなむという言及。
＊105　よく知られた伝承では、ユッピテルがレーデーと交わったとき（前注＊89参照）、神は白鳥に姿を変じたとされるが、異伝として、神が白鳥に変身した一方、レーデーは鵞鳥に変身したとするもの（古注エウリーピデース『オレステース』一三八七）もあった。アミュクライは、スパルタと同義でよく用いられる。
＊106　写本の読み（natique et coniugis）によってアモルとユーノー（一三三―一六二行参照）のこととする理解に従い、「父神の」を補って訳出した。ただし、Kayachev は、ここでの文脈ではスキュッラの最初の瀆神ではなく、父と祖国への裏切りにポイントがあるとして「契りを交わした夫（＝ミーノース：四二二行参照）（pacti quoque et coniugis）」と読み、加えて前行末の「神々の（deorum）」を「同胞の（suorum）」と読み替えている。
＊107　「道筋」は「黄道」の意味で、修正提案（limite）による。
＊108　南の空に大きく見える夏のさそり座と冬のオリオン座の交代への言及。神話では、英雄オーリーオーンが女神アルテミスの怒りを買い、女神が送ったサソリに殺されたという。

＊109　五三八―五四一の四行は、ウェルギリウス『農耕詩』一・四〇六―四〇九とまったく同一。

プリアーポスの歌

I

私にはたっぷりの捧げもの、春はバラ、秋は果実、夏は
　麦穂。ただ冬だけが私にはぞっとする災厄。
寒さが怖くて心配だから。焚き木にされかねない、
　神像もだらけた農夫らには。

II

この私、田舎者の手作りです。
道行く方、私の木材はこのとおりポプラです。
ここの畑、あなたの左方と前方に見えるところと、

貧しいご主人のちっぽけなお宅と庭の
番をしています。盗人を手ひどく撃退します。
私は春に彩り豊かな花冠をかけられます。
私は燃え立つ日射しで色づいた麦穂を、
私は緑の蔓《つる》に甘く熟したブドウを、
私は凍てつく寒さで焼けたオリーブを捧げられます。
私の牧場で大事に育てられた雌山羊は
町までお乳ではち切れそうな乳房を運びます。
私の畜舎の出の子羊はよく肥えていて、
家に戻るときには、お金で手が重くなります。
母牛は鳴くけれど、あどけない子牛が
神々の社《やしろ》の前で血を流して捧げられます。
ですから、道行く方、この神を憚《はばか》って
お手上げにしておきましょう。それがあなたのためです。
ご覧なさい、陽根が虎視眈々と、いきり立っています。
「どっこい、望むところ」ですって。でも、どっこい、ほら、管理人が
来ます。強そうな腕で引き抜いたら、

この陽根が右手にぴったりくる棍棒になりますよ。

III

そこのお若い方々、私はこの土地と沼地に立つこぢんまりした屋敷を
――その屋根を葺《ふ》くのはイグサとスゲの束です――
田舎で使う斧でオーク材を削って作られた身で
世話しています。年ごとにますます裕福になっています。
ここの地主さんたちが私を崇《あが》め、神様として拝んでくれるからです。
貧しい掘っ立て小屋に住むお父さんと青年の息子さんで、
こちらが絶えず怠りなく気をつけて、雑草やら
とげとげの野イチゴやらを私の社から取り払ってくれると、
あちらはいつも、つましいながら供え物をたっぷり携えて届けてくれます。
花咲く春、色とりどりの花環が私にかけられます。
最初にしなやかな禾《のぎ》をつけた緑色の柔らかい麦穂、
黄色のスミレ、乳白色のケシ、
色白のヒョウタン、甘い香りのリンゴ、

葉陰の下で育ち、赤く色づいたブドウが供えられます。
私のこの武器のためにも――でも、ここだけの話です――血を
かけてくれるひげ面の雄山羊や蹄《ひづめ》のある雌山羊がいます。
このように礼拝されれば、さあ、プリアーポスに必要なのは
務めを果たすこと、ご主人の果樹園とブドウ畑を守ることです。
だから、そこの小僧たち、悪さをせず、かっぱらいを控えなさい。
この近くにプリアーポスをなおざりにしている金持ちがいます。
そいつからせしめなさい。こっちの道を行った先です。

IV

[*1]この異変は何だ。何の知らせだ。神々の怒りか。
静かな夜、白い肌の美しい少年が私の
懐《ふところ》にぬくぬくと身を埋めて横たわっていたとき、
愛欲が休んでしまった。男の力が出なかった。
役立たずのペニスが老衰したように頭を垂れていた。
プリアーポスよ、木の葉の下がいつもの

お気に入りなのに、神聖な頭にブドウの葉の冠を巻き、
体中真っ赤、陰茎も赤く塗られて座るのがいいのか。
だが、トリパッロス[*2]よ、何度も新鮮な花を
私たちはおまえの髪に無雑作に結わえつけた。
おまえのために何度も大声で追い払った、
年老いた大カラスでも、敏活な小カラスでも、
硬い嘴《くちばし》で神聖な頭をつついたときには。
さらばだ、おまえは忌まわしくも一物を見捨てたのだから。
おまえは畑の中に放り出される。放っておかれて青ざめる。
さらばだ、プリアーポスよ、おまえに借りはない。
情け容赦ない雌犬と泥まみれの豚が
おまえの腰にすり寄って汚すだろう。
だが、罪深きペニスよ、わが恥よ、
厳粛正当な掟に従い、おまえには罪を償わせる。
泣くがいい。もうおまえの前にたおやかな少年が
現れることはない。寝床で繰り出す
手管も嬉しく、身軽にお尻を振り回すことはない。

戯れ好きの娘が軽やかな手でおまえを
さすることも、透き通るような肌の腿を押しあてることもない。
二本しか歯のない、ロームルス[*3]の時代の遺物が相手をするように
用意される。そいつの黒いまたぐらのあいだには、
覆いかぶさる下腹に隠れて埋まる穴倉がある。
ぶよんとした皮の下は凍える寒さ、
クモの巣が張って入り口は通れない。
こいつがおまえに用意される。そうして三度四度とおまえの
つるつるした頭を深い溝にくわえ込む。
おまえが蛇よりだらだらと元気なく横たわっていようと、
ずっとこすられ続ける。ああ、かわいそうに、ついには
三度でも四度でも穴倉をいっぱいに満たすだろう。
おまえが矜持を保っても役には立たない。いったん
行き迷う頭をあのブクブクいう泥水に沈めたら最後だ。
どうした、役立たず。だらけを悔いているのか。
今度だけはお咎《とが》めなしですましてもよい。
だが、あのゴールデンボーイが戻ってきたときは、

やって来る足音が聞こえるやいなや、
根性を奮い立たせよ。欲情で硬くなれ。
がんがん膨れて一物をおっ立たせよ。
攻めて攻めまくれ。その果てに私の
柔らかな腰を戯れ好きのウェヌスに爆発させるのだから。

訳注

*1　底本はこの詩編を「プリアーポスの歌『この異変は何だ』」と題して別に扱い、『カタレプトン』のあとに配しているが、本訳では『プリアーポスの歌』の中にまとめた。

*2　プリアーポスの別名。「三重の陽根」ほどの意味の名前。

*3　ローマ建国（前七五三年とされる）の王。

カタレプトン

I

よく話していた女性が着きました。でも、トゥッカ[*1]よ、会うことは
叶いません。夫君の閉め切った門口の向こうに隠れているからです。
よく話していた女性は、まだ私のもとには着いていません。
隠れていますから、触れられないので、まだ遠くにいるのです。
着いたとは聞きましたが、そんな知らせをもらっても、私の
役には立ちません。知らせるなら、彼女が戻った男にすべきです。

II

コリントス[*2]風の言葉遣いが大好きなあの男、

あの弁論家、もうどこまでもそっくりそのまま
トゥーキューディデース、アッティカ風熱弁の王様のあの男は、
ガッリア風のタウ、それにミン、スピン*3をぶっきらぼうに叩きつけては、
兄弟のためにそれやこれやの言葉すべてを取り混ぜた。

III

この男*4を見よ。強力な権勢を支えに、「栄光」によって
　天界よりも高く引き上げられた。
この男は広大な世界を戦争で揺るがした。
　この男はアシアの王侯と諸民族を打ち破った。
この男は隷従の重荷を、ローマよ、いまやおまえにまで課さんとした。
　他のすべては男の剣先の前に倒れていたのだ。
そのとき突如、覇権争いのただ中で真っ逆さまに
　失墜し、祖国を逐われ、追放の身となった。
それが女神の意思だった。死すべき人間の運命はそのように決まる。
　一瞬のことだ。時の運の欺《あざむ》きに遭ったのだ。

IV

時とともに変化する私たちの人生がどこへ運ばれようと、
　どんな土地に触れようと、どんな人々に会おうと、
私が君より他の誰かを大切に思うことがあれば、私は鉄槌を受けよう。
　まったく、君より他の誰が愛おしく思えることがありえよう。
君は若くして神々と神々の姉妹から他の誰にもまさる
　善き資質をことごとく、ムーサ[*5]よ、当然のこととして授かった。
ことごとくがポイボスの歌舞団とポイボス自身が喜ぶものだ。
　ムーサよ、誰が君より深い心得をもちえたろうか。
世界中の誰が君より魅力的に話すだろう。君は特別だ。
　クレイオー[*6]だって、そんな気のきいた話はしない。
だから、君は自分が愛されることだけ認めてくれたまえ。
　そうでなければ、互角の愛にするために、私はどうしたらよいのか。

V

行け、ここに用はない、弁論家の中身のない大言壮語よ、[*7]
ギリシアにもない荒い息で膨れ上がった言葉よ。
それに、セーリウス[*8]、タルクイーティウス、ウァッローのような
脂を滴《したた》らせる衒学者の連中も
行け、ここに用はない、若さが鳴らす中身のないシンバルよ。
それに、君も、私が心の底から心を寄せるセクストゥス・
サビーヌスよ、さらば。いざさらば、美男子の君たちも。
私たちは幸せの港に向けて帆を上げ、
大いなるセイローン[*9]の学識ある言葉を求める。
あらゆる煩悩から自由な生を得るだろう。
カメーナ[*10]女神様方、あなた方も行ってください。もう用はありません、
甘美なカメーナ女神様方よ。本当のことを言いましょう。
あなた方は甘美でした。それでも、私の書き綴ったものを
また訪ねてください。ただ、それも畏《かしこ》まって、たまのことにしてください。

VI

舅[*11]は自分も相手も幸せにしない男、
婿のノクトゥイーヌスは脳みそが腐ってる。
こいつらか、いまあんな娘っ子を
浅はかにも押し倒して田舎に追いやったのは。なんてことだ。
まったく、あの詩行に言われることそっくりそのままだ。
「婿と舅ですべて台無し」[*12]。

VII

我が親愛なるウァリウス[*13]よ、許されるなら、嘘偽りなく言おう、
「僕は死んでもいい、僕が君のポトス[*14]にぞっこんでなければ」と。
だが、決まりがあって言えないなら、もちろん
言わない。でも、「僕はあの子にぞっこんだ」。

VIII

セイローンのものだった草庵、貧しくつましい畑よ
――あの主人にはおまえも宝物だったのだが――、
おまえに私と、私と一緒に私がつねに愛してきた人々を
祖国になにか悲しいことがあると聞いたときには
預ける。その第一は父だ。いまおまえは父にとって、
かつてのマントゥア、それ以前のクレモーナ[15]となるのだ。

IX

少しだけ私に、でも、ポイボスの白日のもとに知られていることを、
　少しだけ私に語りたまえ、ペーガソスゆかりの学識深き女神様方[16]よ。
勝者[17]の帰還です。ご覧なさい、大いなる凱旋、大いなる誉れ、
　陸でも海でも目の前に開けるかぎりの場所で勝利を収め、
恐ろしい蛮族との戦闘の表徴を掲げる威風は

まるで雄々しいオイネウスの孫[*18]や誇り高きエリュクス[*19]のよう、
それでいながら、あなた方の歌を紡ぎ出させる
　第一人者にして、神聖な歌舞の仲間入りがふさわしい方です。
それだけに私はいままでにない心配で悩んでいます、比類なき方よ、
　何をあなたについて、何をあなたのために書けるものかと。
正直に申します。書けないと尻込みさせる最大の理由で
　あったはずのものが、書けと促す最大の理由になりました。
ほんの少し、あなたの歌が私の詩集に入りました。
　アッティカ風の言葉遣いで機知のきいた歌、
のちのちの時代まで受け継がれる歌、プリュギアや
　ピュロスの古老[*20]にも負けないだけの価値ある歌です。
このやさしく緑陰を広げたオークの木の下に
　モエリスとメリボエウスの牧人二人[*21]がいました。
二人が詩行を交互に連ねる甘美な歌は
　トリーナクリアの学識深い若者[*22]が好むような歌でした。
ヒロイン[*23]は神々がみな競って祝福し、
　女神様方がみな競ってそれぞれの贈り物を授けました。

他の誰よりも幸せです、あなたに書き綴られた娘は。
　自分の評判のほうが上、と他の娘が言うことはないでしょう。
どの娘も言いません。ヘスペリデスの贈り物に誑《たぶら》かされなければ
　走りの速さでヒッポメネースに勝っていたはずの娘[24]も。
白鳥の卵から生まれたテュンダレオスの輝ける娘[25]も。
　天界で光を放つカッシオペイア[26]も。
長いあいだ重ねられた戦車競走で守られながら、
　みな贈り物で手を重くした男に求愛された娘[27]も。
この娘のために神を畏れぬ父は婿になろうとした男の命を奪い、
　この娘のために地面に真っ赤な血が流れました。
王女セメレーも、アルゴス王アクリシオスの娘も言いません、
　無情な雷電や雨となったユッピテルを受け入れた娘ら[28]ですが。
かの娘[29]も言いません。彼女を凌辱したために追放され、父祖の守り神を
　タルクイニウス父子が見かぎりました。
このとき初めてローマは傲慢な君主の支配から
　平穏な執政官の国政に移りました。
以来、ローマは功労のあった養い子らに多くの褒賞を贈りましたが、

最大の褒賞はメッサッラ・プーブリコラ家[*30]が受け取りました。
あなたが心血を注いだ計り知れない労苦を語る必要があるでしょうか。
　恐ろしい時局、過酷な軍務、
あなたが中央広場の前、都の前に置いた陣営、
　あなたの息子から、また、祖国からはるか遠くに据えた陣営、
あなたが耐えた極度の寒さと暑さ、
　あなたが固い火打石の上でも寝られること、
何度も悪天候の荒海に乗り出し、
　何度も果敢に海を、何度も嵐を克服したこと、
何度もまた敵の密集陣へ突入したこと、
　戦争の神の公平さを気にかけなかったこと、
いま足早のアフリカ人、偽誓なす無数の民に対したかと思えば、
　今度はタグス[*31]の黄金に輝く速い流れへ向かったこと、
いままた次々と戦争を交える民を求め、
　オーケアノスの領域の向こう側でも勝利を収めたこと、
このような偉大な功業に触れることは、とても私にはできません。
　いいえ、私はこうも言えるでしょう。人間にはまずできない、と。

このような事績は、おのずから世界中で記念碑に伝えられるでしょう。
おのずから卓絶した誉れが生まれるでしょう。
私たちは、あなたとともに神々が作った歌を伝えるでしょう、
キュントスの神[*32]、ムーサイ、バッコス、アグライエー[*33]が作った歌を。
ささやかな賞賛を加えること、キュレーナイ[*34]に近づくこと、
　生国の歌でギリシアの機知に近づくことが
できれば、私はもう望み以上のことをし遂げています。
　それで十分です。私は太った俗衆に用はありません。[*35]

X

遠来[*36]のみなさん、向こうに見えるサビーヌスは、
ラバを駆っては自分が誰よりも速かった、と言っています。
どんなに勢いよく飛ばしてくる者にも
抜かれなかったそうです。マントゥアへ
飛ばしていく用事があるときにせよ、ブリクシア[*37]に急ぐときにせよ、です。
そのことをまた商売敵も、高貴な家持つトリュポーや

賃貸アパートのケリュルスさえ否定していないと言ってもいます。
のちにサビーヌスとなり、その前はクインクティオーだった彼はそこで
合わせ刃のハサミで毛の刈り取りをしたという話で、
頸の毛が伸びると、キュトーロス[38]の軛《くびき》に
押されたときに固いたてがみが傷のもとになりかねないからだとか。
寒冷のクレモーナよ、泥だらけのガッリア[39]よ、
おまえに聞けば、昔のこともいまのことも仔細に分かると
サビーヌスは言っている。はるか遠くから出発してきて、
おまえの穴にはまったのだそうだね。
おまえの沼地に荷物を下ろし、
それから轍《わだち》だらけの道を何マイルも
荷車を進めたとか。右側か左側か、
あるいは両方でラバがへたり込もうとしてもかまわずね。
それで、路傍の神様方には一つも願掛けの御礼を
しなかったそうだが、一つだけ最後に奉納したのが
父譲りの手綱とツゲ[40]の馬櫛だとか。
でも、これは以前にあったこと。いまは象牙の

椅子に座って、あなた方に身を捧げています、
双子のカストールよ、カストールの双子の兄弟[*41]よ。

XI

「オクターウィウス[*42]よ、どの神が君を私たちから奪ったのか、それとも、
　それ、俗に言う、酒杯の重ねすぎのせいかね」。
「君たちと飲んだのが間違いだ。人それぞれについてまわる自分の
　運命がある。どうして罪もない柄杓に責任があろうか」。
「君の著作を私たちは大いに賞賛するだろうし、君と
　君のローマ史が失われれば泣くだろうが、
君はもういないだろう。つむじ曲がりの死霊たちよ、教えてくれ、
　何が気に入らなくて、この男を父親より長生きさせたのか」。

XII

我が物顔のノクトゥイーヌス[*43]、脳みそが腐った奴め、

おまえのものだよ、あの娘は。欲しがるから、おまえのものだ。
おまえのものだよ、我が物顔のノクトゥイーヌスが欲しがるから。
だが、ああ、我が物顔のノクトゥイーヌスよ、知らないのか、
アティーリウスには娘が二人あって、
そっちもこっちも、二人ともおまえのものなのを。
みなさん、さあ、おいでください。似合いの相手として
我が物顔のノクトゥイーヌスが迎えるのは、ほら、デキャンタです。
タラッシオー[*44]、タラッシオー、タラッシオー。

XIII

私も焼きが回ったと思うかね。沖に出て
　以前のように海原を渡れないし、
凍える寒さに耐えることも、暑さを辛抱することも、
　勝者の隊伍に列することもできないからね。
だが、私の怒りには力がある。狂おしい怒気は昔のまま、
　舌にはおまえに飛びかかる[*45]力がある。

恥知らずにも幕舎で体を売った
　姉妹のことでも――ああ、なぜ私をけしかけるんだ、
なぜだ、厚顔無恥でカエサルに譴責されるべき男よ――、
　おまえの着服のことでも言ってやる。
身代を散財して手遅れになってから
　兄弟に倹約させたことでも、
大人のあいだに一人少年が入って宴会を開き、
　一晩中お尻が湿っていたのに、
そうと知らぬ者が突然こう叫び声を上げたことも、
　「タラッシオー、タラッシオー」。
なぜ顔面蒼白なんだ、女野郎め。冗談が痛いのか。
　おまえのことだと分かるのか。
私を呼ばないでくれよ、おめかしさんめ、コテュートー[*46]に捧げる
　陰茎の祝いの場には。
それに、おまえがラトゥラ[*47]をまとって腰を振りつつ
　祭壇をつかむ姿を見せないでくれ。
テュブリス[*48]の黄土色の流れのたもとで船の匂いがする連中に

声をかけないでくれ。そこでは岸に着けられた舟が
浅瀬の汚泥にはまって動けず、
細々と流れる水と格闘している。
また、台所や油まみれの辻での
みすぼらしい食事に連れていかないでくれ。
そういうもので腹ごしらえしては、唇によだれをつけたまま、
おまえは肥満の奥さんのもとに戻り、
心得顔で[*49]燃え立つお腹を満足させる。
嫌っていても[*50]、なめるように口づけするのだ。
さあ、かかってこい。挑戦状を投げろ。そんな力があるのか。
それなら、おまえの名前を書き添えてやろう、
好きもののルッキウスめ。もう財産は泡になったか。
ひもじくて奥歯ががたがた鳴っているか。
目に見えるようだ、おまえに残るのはただ、ごく潰しの
兄弟、ユッピテルの怒り、
裂けた胃袋、ヘルニア患いの叔父の
飢えで腫れた足だけだ。

XIV

私[51]が引き受けた務めをまっとうすることが叶いましたら、
　パポスとイーダリオンの御座を愛でる女神[52]よ、
トロイア人アエネーアースにふさわしい歌がローマの町々へ
　あなたとともについに行き渡った暁《あかつき》には、
私は乳香と絵馬のみならず、あなたの神殿に
　奉納品を捧げます。清めた手で花冠を届けます。
次いで、神々のために角《つの》の立派な雄羊と最上の犠牲獣である
　雄牛が祭壇を神聖な血で濡らして讃えるでしょう。
さらに、あなたのために大理石造りで、千の彩りの翼をもち、
　型どおりに彩色した箙《えびら》を携えたアモル像を立てましょう。
キュテレーア[53]よ、おいでください。あなたをオリュンポスから
　カエサルとスッレントゥム[54]の岸辺の祭壇が呼んでいます。

XV

シュラークーサイの詩人[*55]より甘美、ヘーシオドスより
　偉大、ホメーロスの語りにも劣らなかった、
かの神々しい詩人、これは彼の手習い始めの詩作、
　未熟なカッリオペー[*56]がいろいろな歌を試している。

〔XVI〕

賢明なる霊[*57]がこの下に――天も悪さをするもの――眠っています。
　遠来の方よ、その昔の才人たちに劣らず、
ローマを学殖深いアテーナイと競わせるまでにしましたが、
　鉄の運命に勝つことは誰にもできないのです。

訳注

*1　ウェルギリウスの死後に『アエネーイス』を公刊したとされる友人マルクス・プローティウス・トゥ

ッカ（ドーナートゥス『ウェルギリウス伝』三七）を指すと推測される。「女性」については、ドーナートゥス『ウェルギリウス伝』九に、ウェルギリウスが関係をもった女として言及されるプローティア・ヒエリアが想定されているとも考えられる。

＊2　この詩は、クインティリアーヌス『弁論家の教育』八・三・二八にもほぼ同じ形（三行を欠き、三行で「王様の（tyrannus）」の代わりに「ブリタンニアの（Britannus）」が入り、「ブリタンニアのトゥーキューディデース、アッティカ風熱弁のあの男は」となる）で引用されている。「付録」に訳出したので、参照されたい。

＊3　タウは、ギリシア文字τで[t]の発音。ミンとスピンは古形のギリシア語代名詞で使われなくなっていた。廃語としてのこれらの代名詞については、『ギリシア詞華集』一一・三二一・五、一四二・一、六参照。

＊4　ユーリウス・カエサルと内乱を戦って敗れたグナエウス・ポンペイウスのことだと考えられる。

＊5　オクターウィウス・ムーサ。ホラーティウスの友人（『諷刺詩』一・一〇・八二）。XIでは、その死が悼まれ、ローマ史を書いたことが言及される。

＊6　詩歌の姉妹神ムーサイの一人。歴史を司るとされる。

＊7　この詩は、ウェルギリウスが弁論術の勉強を棄て、ネアーポリス（現在のナポリ）のエピクーロス派の哲学者セイローン（ラテン語での発音は「シーロー」）（九行）のもとで哲学の修養を志したときに書いた、という想定で作られている。

＊8　名前を挙げられる弁論家それぞれの同定は困難。

＊9　キケローは「最良の人物、最高の学識」と評している（『善と悪の究極について』二・一一九）。

＊10　詩歌の女神。

＊11　この舅と次行の婿についてはXIIでも歌われる。舅の名はアティーリウス。

＊12 カトゥッルス『カルミナ』二九・二四。
＊13 ウェルギリウスの友人で詩人のルーキウス・ウァリウス・ルーフス。トゥッカ（I参照）とともにウェルギリウスの死後に『アエネーイス』を公刊したとされる。
＊14 「愛欲」を意味するギリシア語の名前。ウァリウスに仕える奴隷の美少年。
＊15 マントゥアは、ウェルギリウスの生地。クレモーナは、少年期まで過ごした地。
＊16 詩歌を司る姉妹神ムーサイのこと。住まいとするヘリコーン山の泉ヒッポクレーネーは、天馬ペーガソスの蹄に蹴られて湧き出した。
＊17 マルクス・ウァレリウス・メッサッラ・コルウィーヌス（前六四―後八または一二年）のこと。前三一年に執政官に指名され、アクティウムの海戦に出陣、前二七年にはアクイーターニアの叛乱を鎮圧して凱旋式を挙行した。また、ティブッルスなど詩人たちのパトロンとなった。
＊18 トロイア戦争に出陣した英雄ディオメーデースのこと。その父テューデウスがカリュドーン王オイネウスの息子。
＊19 シキリア西端の山と町エリュクスに名を残した英雄。
＊20 それぞれ、トロイアの老王プリアモスと三世代を生きた長寿の英雄ネストールのこと。
＊21 ウェルギリウス『牧歌』に登場する牧人。
＊22 ヘレニズム期の詩人で『牧歌』を残したテオクリトスのこと。トリーナクリアは、シキリアの別名。
＊23 写本の読みは「女神様方（diuae）」だが、修正提案（diui）に従う。
＊24 アタランテーのこと。俊足で、求婚者に対して、競走して勝った相手と結婚すると約束し、負けた相手を殺していたが、西の果ての国のニンフであるヘスペリデスが番をする黄金のリンゴをアプロディーテー（＝ウェヌス）から授かったヒッポメネースがこれを使って彼女の走りを遅らせて勝利をつかんだ。
＊25 ヘレネーのこと。スパルタ王テュンダレオスの妻レーデーと白鳥の姿に変じたゼウス（＝ユッピテ

ル）が交わって生まれた。

＊26　エチオピア王ケーペウスの妃。カシオペヤ座となった。

＊27　ペロポンネーソス半島北西部の町ピサの王オイノマーオスの娘ヒッポダメイアのこと。オイノマーオスは、娘の求婚者に自分との戦車競走を課し、負けた相手を殺していた。

＊28　テーバイ創建の王カドモスの娘セメレーは、ゼウス（＝ユッピテル）とのあいだにバッコスをもうけたが、嫉妬したゼウスの妃ヘーラー（＝ユーノー）の企みによって雷電の姿で現れたゼウスに焼き尽くされた。アクリシオスの娘ダナエーは、黄金の雨に変じたゼウスと交わり、英雄ペルセウスを産んだ。

＊29　ルクレーティアのこと。王家の血筋を引くタルクイニウス・コッラーティーヌスの妻であったが、ローマ第七代の王タルクイニウス・スペルブスの息子セクストゥス・タルクイニウスに凌辱され、汚れを恥じて自害した。これに憤激したルーキウス・ユーニウス・ブルートゥスが立ち上がり、王を追放して共和政を樹立し、最初の執政官となった。

＊30　プーブリコラは、ブルートゥスとともにローマ最初の執政官となったプブリウス・ウァレリウス・プーブリコラ以来のウァレリウス氏の家名。共和政樹立の文脈とメッサッラ家と同じ氏に属するという関係からここでの表現になったと思われるが、メッサッラ・プーブリコラという呼び名が用いられたことはない。

＊31　ヒスパーニア（現在のイベリア半島）の川（現在のタホ）。砂金で有名だった。

＊32　ポイボス・アポッローンのこと。キュントスは、その生地デーロス島の山。

＊33　優美の姉妹神カリテスの一人。

＊34　アフリカ北岸の、ヘレニズム的詩作を代表する学者詩人カッリマコスの生地。通常はキューレーネーないしキューレーナイだが、韻律の要請で短母音になっている第一音節の音をそのまま写した。カッリマコスは、機知と彫琢を旨とし、凡俗と陳腐を退ける文学論を主唱した。

＊35　カッリマコス『縁起詩』断片一・二三―二四「犠牲獣はできるだけ太らせよ。だが、よいか、歌はほっそりしたムーサを歌え」。
＊36　この詩は「付録」に訳出したカトゥッルス『カルミナ』第四歌のパロディーになっている。
＊37　北イタリアの町（現在のブリシア）。
＊38　黒海南岸中部パプラゴーニア地方の山。ツゲの木（二二行）で知られる。
＊39　アルプスのこちら側のガッリアで、北イタリアのこと。
＊40　「ツゲの」は修正提案（buxinumque）に従った。
＊41　ディオスクーロイとも呼ばれるポリュデウケースとカストールの兄弟神のこと。船乗りの守り神とされたので、カトゥッルスでは「双子」の神格として退役した軽帆船が捧げられるのにふさわしかったが、ここではカストールが騎馬に秀でていたことから、名前が言及されるほうに力点が置かれる。
＊42　オクターウィウス・ムーサ。Ⅳ参照。哀悼が死者との対話という形で綴られる。四行まではカッリマコスのエピグラム（「付録」に訳出）を踏まえている。なお、飲み過ぎを死因として嘆くモチーフは『ギリシア詞華集』に数多く現れる。
＊43　Ⅵ参照。
＊44　婚礼時に花嫁にかける掛け声。歴史家リーウィウスは、建国当初のローマには女性がいなかったので、子孫存続のために近隣の女たちをさらったとき、こう呼びかけたのが起源だと説明している（『ローマ建国以来の歴史』一・九・一二）。
＊45　底本は写本の読み（assim）に修正不能のしるしを付して印刷しているが、修正提案の一つ（adsultem）に従って訳出した。
＊46　トラーキアの女神で、情欲を煽る密儀で知られた。ホラーティウス『エポーディー』一七・五六、ユウェナーリス『諷刺詩』二・九二参照。

＊47　写本の読み ratula をそのままカナ書きした。意味不明であるので、stolam「女ものの長衣」という提案がある。
＊48　ローマを流れる川ティベリスの別形。現在のテベレ。
＊49　一部の写本の読み docte によって訳出した。他の写本の読みに dote「婚資によって」もあり、nocte「夜に」という修正提案もある。
＊50　一部の写本の読み osusque を採って、osus を odi「憎む」の特殊変化形とする解釈に従った。
＊51　ウェルギリウスが『アエネーイス』執筆に着手したときに書いたと想定した詩。
＊52　ウェヌス（＝アプロディーテー）のこと。パポスとイーダリオンは、ともにキュプロス島の町で女神の聖地。
＊53　「キュテーラ島の女神」の意味で、ウェヌスのこと。
＊54　カエサルは、アウグストゥスのこと。スッレントゥムは、カンパーニア地方の町（現在のソレント）。
＊55　テオクリトス（九・二〇参照）のこと。
＊56　ムーサイの一人。特に叙事詩を司る。
＊57　写本が乱れており、ウェルギリウスを指すものとして補って訳出する。

モレートゥム

冬の一夜の一〇時間[*1]が過ぎ去ったころ、
夜警の鳥が朝の到来を先触れして鳴いたころ、
はやシームルス[*2]は、田舎で耕す土地もわずかゆえ、
来る日の空腹を心配して気持ちを暗くしながらも、
体を起こし、みすぼらしい寝床からゆっくり降りると[*3]、
生気のない闇のあいだを気づかわしく手さぐりして、
ようやく竈《かまど》をさぐりあてるが、触った拍子に痛みを覚えた。
焼け残りの薪にほんのわずかだけ残る火口があり、
灰の下に赤く燃える炭が埋まって隠れていた。
そこへ彼は前のめりに顔を寄せてランプを下ろし、
針で油を含まぬ布きれを引き出しながら、
しきりに息を吹きかけて弱々しい火を掻き起こす。
ようやく、しかし、かろうじて火がついたところで引き返す。

手をかざして風から明かりを守りながら、
見通せるところで閉じた鍵の戸[*4]を開ける。
穀物の貧しい貯えが地面に置かれていた。
そこから一つの計量器いっぱいの穀物をすくい取るが、
この秤は一六リーブラの重さ[*5]を量れる。
　その次には臼のそばに立つ。小さな棚板が
そのために壁に造り付けてあったので、そこに
頼れるランプを置く。それから着衣が両の腕の
邪魔にならないようにし、長毛の山羊の皮衣を着ると、
山羊皮の尻尾を刷毛に使い、臼の石とくぼみを清める。
次には手を使って仕事にかかるが、それぞれの手に役割分担がある。
左手は穀物の配給係、右手は力仕事の係。
右手は絶えず弧を描き、円い臼をせっせと回す。
挽かれたケレースの恵み[*6]が石臼から次々と流れ落ちる。
ときおり左手が疲れた相方を引き継ぎ、
役割を交代する。彼はときに田園の歌を歌い、
田舎くさい歌声で自分の労苦を慰める。

ときおりスキュバレー[*7]を大声で呼ぶ。家の番は、この女一人、
アフリカの生まれで、生国は体のどこを見ても分かる。
縮れ毛、厚い唇、黒い肌、
幅広の胸、垂れた乳房、ぐっとへこんだお腹、
すらりとした脚線、たっぷり大きな足。
この女を呼ぶと、竈に薪をくべて燃やし、
湯を沸かすように言いつける。
　臼を回す仕事がしかるべく最後まで終わると、
次には穀粉を手ですくって篩《ふるい》に移し、
揺する。黒いかすが篩の上に残り、
きれいな穀粉は下に落ちる。篩の目を通り抜けることで
ケレースの恵みは身ぎれいになる。それからすぐにこれを滑らかな
板の上に置き、そこに湯を注ぎかける。
こうして水を混ぜた穀粉をこねる。
水と手の圧力で固くしまるまで押したり引いたりしながら、
ときどき生地に塩を振りかける。ようやくこね上がると、
持ち上げて、手のひらでのばして手ごろな円形にしてから、

均等に四角の形に分けるしるしを入れる。
次は竈に入れる。スキュバレーがすでにもう丁度いい場所を
きれいにしてあった。陶片で蓋をしてから、火勢を強める。
ウルカーヌスとウェスタ[*8]がそれぞれの務めをまっとうするあいだの
一時間も、シームルスはすることがないと言って無駄にしない。
食材が他にないかさがし、味わったときに
ケレースの恵みだけで不満に思わぬように惣菜を用意する。
彼の竈のそばには肉を吊るす棒がなかった。
塩漬けした豚の背肉と胸肉はなかった。
ただ、真ん中に紐を通した円い形のチーズと
イノンドを結わえた古い束が吊り下げられているだけだった。
そこで、先を見通す英雄[*9]は他の食材の用意に奮闘する。
小屋に隣接して菜園があった。数本の柳の木と
茎の軽い葦の再生材で囲ってあり、
広さはさしてないが、とりどりのハーブがよく育っていた。
つましい暮らしに必要なだけなら、何一つ足りないものはなかった。
ときに大地主がこの貧乏人からもらうお裾分けのほうが多いこともあった。

わずかな身代にかかる出費はなく、せっせと手をかけてやればよかった。
仕事がなくて小屋にいるときもある。雨で外に出られなかったり、
祝祭だったり、たまたま野良仕事が手空きになったりもする。
菜園の仕事はそんなときだった。いろいろな野菜を植えるのは
お手のもの。種子を大事に地中に埋め、
近くを取り巻いてほどよく水路をめぐらした。
こっちにキャベツ、そっちには腕を広々と伸ばしたビート、
実り豊かなワセスイバ、ゼニアオイにオオグルマが青々としていた。
こちらにあるのはシセル、名前に頭を冠するニラ[*10]、
豪華な食事に一息つかせてくれるのが嬉しいレタス[*11]、
[*12]……細く尖って伸びたハツカダイコン、
お腹がまるまる太って重いヒョウタン。
だが、これは主《あるじ》のためのものではない。彼ほどの節約家はいなかった。
町の人のために収穫し、八日ごとの市の日に
束ねた野菜を売ろうと肩に担いで都に運んでいた。
家路を戻るときには、首根は軽く、財布は重かった。
都の市場に並ぶ品を抱えて帰ることは決してなかった。

空きっ腹を癒すのは赤タマネギ[*13]にきざみ長ネギ、
口にするとぴりっとして顔が歪むコショウソウ、
キクヂシャ、息切れしない精力をよみがえらせるフユガラシ。
　このときもそうしたものに考えをめぐらしながら菜園に入った彼は、
まず指で軽く土を掘り起こしてから、
厚い繊維に包まれたニンニクを四つ引き抜き、
次いで、薄葉のパセリ、かちかちのヘンルーダ[*14]、
ほっそりした茎が震えるコリアンダーを摘み取る。
これらが揃ったところで、心和む火のそばに腰を下ろし、
よく通る声で下働きの女に臼を持ってくるよう言いつける。
このとき、こぶこぶの球体[*15]から芽を一つ一つ取り去り、
表面の皮を剝ぐ。いらないところはそのへんの
地面に撒いて打ち捨て、残した球と葉を
水に浸してから石臼の円いくぼみに落とす。
これに塩粒を振りかけ、塩が溶けたら、固い
チーズを加え、そこへ摘んできたハーブを投入する。
臼を毛深い股の下にはさんで左手で支え、

右手に握ったすりこぎで最初につぶすのは香ばしい
ニンニク、それから全部をすりおろして均等に混ぜる。
手がぐるぐる回るあいだに、少しずつ材料個々の
特性が消えてゆき、とりどりだった色が均一になる。
だが、全部が緑色ではない。乳白色のかけらが抵抗しているからだ。
つやつやした乳白色でもない。多種多様なハーブが入っているからだ。
しきりに男の鼻孔を突き上げる
刺激臭があり、あぐらをかいた鼻で自分の弁当を呪う。
憤懣やるかたなく煙に向かっていわれのない悪態をつく。
しきりに手の甲で涙目をぬぐい、
　仕事ははかどり、もう前のようにぎくしゃくはしない。
だが、すりこぎにかかる重みは増し、ねっとりした円を描いた。
そこでパッラス女神が愛でるオリーブ油を数滴たらし、
ほんの少し強めの酢を注ぎ入れてから、
あらためてよくかき回し、念を入れて混ぜる。
それからようやく、二本の指を臼全体に
めぐらし、ちらばっているのを一つの塊りにまとめる。

これで名前も形も完璧なモレートゥムの出来上がりだ。
そのあいだにスキュバレーもまめまめしくパンを引っ張り出している。
それを彼は嬉しそうに両手で受け取る。もう心配はない。
これで一日、空きっ腹を抱えずにすむ。憂いなくシームルスは
両の脛に脚絆を巻き、帽子をかぶる。
従順な牛たちを革ひもで締めた軛《くびき》につなぐと、
畑に繰り出し、土に鋤《すき》を埋め込んだ。　120

訳注

＊1　一時間の長さは夜と昼で異なり、それぞれ日没から日の出までと日の出から日没までを一二等分したもの。したがって、季節によって長さが異なり、冬は夜の一時間が長く、昼のそれは短い。
＊2　「鼻ぺちゃ」を意味するギリシア語「シーモス」に由来する名前。
＊3　ラテン語はやや曖昧な表現で、「寝床に横たえていた体をゆっくり起こすと」とも解することができる。
＊4　テキストが不確かな詩行。写本の読み（clausae qua peruidet ostia clauis）に従って訳出したが、意味が取りにくい。「向こうを見通す鍵が小屋の戸を（casulae, quae peruidet, ostia clauis）」という修正提案があり、こちらを採用する校本もある。
＊5　約五・二四キログラム。なお、原文を字義どおりに訳出したが、通常、穀物は重量ではなく体積で計量されるということもあって、数値の含意については不確かな面がある。

＊6　穀物のこと。ケレースは、五穀豊穣の女神。
＊7　「汚物」を意味するギリシア語「スキュバロン」にちなむ女性の名前。
＊8　ウルカーヌスは火の神、ウェスタは竈の女神であるので、それぞれ「火」と「竈」の換喩。
＊9　シームルスのこと。このあたり、英雄叙事詩をもじった言い回しが用いられている。
＊10　ラテン語でニラとネギはともにporrumで、区別するとき前者は「頭のついた（capitatum）」、後者は「きざんだ（sectile）」と呼ばれた。
＊11　消化を助けてくれることから。プリーニウス『博物誌』一九・一二七、コルメッラ『農業論』一〇・一七九―一八〇。
＊12　七五行は前半が欠けている。
＊13　プリーニウス『博物誌』一九・一〇五「タマネギは白より赤のほうが刺激が強い」。
＊14　ミカン科の常緑低木。「かちかちの」は、繁茂する性質（プリーニウス『博物誌』二〇・一三一）への言及、あるいは、愛欲を減退させるという俗信（オウィディウス『恋愛治療』八〇一―八〇二）を踏まえたもの、といった解釈があるが、はっきりしない。
＊15　ニンニクが中にある鱗茎の外側の形を映して、こぶ状になっていることを言ったもの。

有徳の士の教育について

有徳の賢人、そんな人は一人としてなかなか見つからない。
何千人という中からアポッローンのお告げも見つけ出せない。
そんな人は自分で自分を爪の先までくまなく精査する。
偉い人たちが何を考え、中身が空っぽの俗衆の軽薄な考えがどうであれ、
……[*1]
平然と、宇宙の姿そのままで、滑らかに丸く、
外からシミがまったくつかないほどつるつるしている。
そんな人は、太陽がかに座宮に入って昼がどれほど長いときにも、
また、冬至線の走るやぎ座に入って夜がどれほど長いときにも、
考えをめぐらし、自分を秤にかけて正しく吟味する。
陥没のないよう、突出のないよう、角が等しい
辺で作られているよう、物差しに少しのくるいもないよう、
下支えのどこも堅固で、下方に空隙のないことが

指をあてて叩くことで見て取れるようにする。
瞼《まぶた》を閉じて心地よい眠りにつく前には、
必ず長い一日の所為をすべて思い返してみる。
し残したことはないか、どれが時宜にかない、どれがそうでなかったか、
なぜ褒められない行為や、理に合わない行為があったのか。
何を私は放置したのか、なぜこの考えに落ち着いたのか、
変えたほうがよくなかったか、貧者を憐れんだとき、
なぜ胸を突かれ、深い痛みを覚えたのか。
私が欲したことの中に欲するべきでないことはなかったか。利得を徳性より
優先する愚をなぜ犯したのか。私の言動、あるいは目つきででも
傷ついた人がなかったか。なぜ私は自然の力に強く
引きずられて自律できないのか。このように言動と行動のすべてに
分け入る。日が暮れると、残らずすべてに思いをめぐらして、
曲がったことに憤り、真っ直ぐなことに栄誉と褒美を授ける。

訳注

＊1　四行と五行のあいだに脈略の溝があり、欠行が想定されている。

「そうだ」と「否《いな》」について

「そうだ」と「否《いな》」と、なじみの一音節語[*1]をみんな頻繁に使う。
これらがなかったら、何一つとして人の話は進められない。
すべてはここにあり、すべてはここから始まる。仕事のことでも、
休暇のことでも、騒々しいことでも、静穏なことでもそうだ。
二つに一つ、どちらかに一致することもままあるが、しばしば異なる
言い分が対峙する。心ばえや性分が
やさしいか気難しいかで議論を交わすことになる。
意見が一致すれば、即座に「そうだ、そうだ」と合いの手だが、
反対なら、不同意が「否」によって示される。
これを皮切りに広場では叫び声が弾け、ここから狂乱の
競技場では罵《ののし》り合いが、ここから劇場の観客席に広がる[*2]
反逆が始まり、元老院議場にも同様の論争が渦巻く。
夫婦のあいだ、子どもたちと両親のあいだでは、それらの言葉を

はさみながら静かに言い分を話せば、情愛も損なわれない。
ここからまた穏和な教説に同調する学派は
教義に関する論争を穏和に巻き起こし、
これを皮切りに、わんさといる哲学者がみな議論を戦わせる。
日中は光か。そうだ、日中が光だ。[*3] 否、それは間尺に合わない。
たくさんの松明《たいまつ》や稲妻によって光が
夜に生じるとき、その光は日中のものではない。
これは「そうだ」とも「否」とも言える。光があると認められるが、
昼ではないからだ。ここから無数の論争が起こり、
ここから少数、いや、多数の者がこの種の検討に加わりながら、
ぶつぶつ言いたい言葉を胸に押し込め、狂おしく沈黙をかじる。
人生って、なんだろう。二つの一音節語に振り回されているのだから。

訳注

*1　「そうだ」と「否」と訳した原語は est と non で一音節語。
*2　写本の読み「喜ばしい（laeta）」は文脈にそぐわないため、修正提案の一つ lata を採って訳出した。
*3　「日」ないし「日中」と「日の光」がラテン語では同じ dies であることによる言葉遊び的な議論とい

う理解に従って訳出した。しかし、原文の文意は曖昧で、いくつかの修正提案が試みられている。

生まれ出ずるバラ

春が来た。肌を刺す寒さも心地よく感じさせるような
　息吹きとともにサフラン色の朝日が戻ってきた。
張りつめた空気がエーオース[*1]の馬車の前を流れ、
　暑い一日となる前に仕事を始めよ、と促す。
私は水やりの行き届いた菜園を区画にそってあちこちまわり、
　すっかり明けた朝の光から元気をもらおうと欲する。
見ると、霜が降りている。頭を垂れた草のあいだに
　かかっていたり、野菜の先についていたり、
丸い滴同士がキャベツの葉いっぱいに戯れていたり。
……
見ると、バラの花壇がパエストゥム[*2]の手入れを喜んでいる。
　昇ったばかりの明星のもとで露に濡れている。
霜の降りた茂みにちらほらと白いつぼみが見えるが、

日の出とともに射す陽光を受ければ、しぼむだろう。
どうなのか、アウローラ[*3]はバラから赤みを奪うのか、
　それとも与えるのか。朝日は花を赤く染めるのか。
露は同じ、色は同じ、どちらについても朝は同じ、
　星と花の主が同じウェヌス[*4]だから。
おそらく香りも同じ。だが、香りは風に乗って高く高く
　拡散するが、すぐそばのほうが強く薫る。
パポスの女神[*5]、星と花をともども司る女神は
　同じ真紅の装いをするように教えている。
時が熟して、花を生み出す
　芽が等しい間隔を置いて分かれようとしていた。
まだ緑色をした花弁が小さな帽子のように覆っているものや、
　薄い花弁が真紅の色で赤らませているもの、
先細りに尖ったつぼみの端を開き、
　真紅の頭頂を解放しているものがあり、
こちらではたたまれていた襞を上のほうから広げて、
　もう花びらの数を数えようとしていた。

すると、あっという間のこと、晴れやかに微笑むように萼《うてな》が開き、
　中にぎっしり詰まったサフラン色の雄蕊《おしべ》*6が姿を見せた。
ついさっき火と燃えるように赤々と咲き誇っていたのに、
　花弁がはらはらと散り、色褪せているものもある。
不思議なものだ、去りゆく季節はそそくさと奪い取ってゆく。
　咲き出すあいだに、もう衰えが始まっている。それがバラだ。
それ、そこでも輝くばかりに咲いた真紅の花が散った。
　話しているあいだにも、地面がきらめく赤に覆われる。
これほど多様な姿形、壮大な誕生、多彩な変化が
ただ一日で幕を開け、一日で閉じる。
自然よ、あんまりだ、花に向ける好意が短すぎる。
　目の前に見せてくれたとたんに恵みを奪っていくのだから。
ただ一日の長さ、それがバラの一生の長さ。
　青年期と境目のない老年期。短すぎる。
ついさっき開く姿を輝かしい明けの明星に認められたばかりの
　花が、暮れ方遅くに戻る明星の目には萎《しお》れて見えた。
だが、それでよい。わずか数日で果てるとしても、

次々と咲いて自分の命を延ばすのだから。
乙女よ、バラを摘め、花が新鮮なうちに、若さが新鮮なうちに。
　忘れるな、おまえの命も同じように急ぎ足であることを。

訳注

＊1　ギリシアの曙の女神。

＊2　イタリア南部ルーカーニア地方の町（現在のペストゥム）。バラの栽培で知られた。

＊3　エーオース（三行）と同じく曙の女神だが、こちらはラテン語名。「バラ色の指をした」というエピセットが付される。

＊4　ウェヌス（Venus）は「金星」を意味するとともに、美を司り、さまざまな開花を見る四月の女神とされることから。

＊5　ウェヌス（＝アプロディーテー）のこと。キュプロス島の町パポスに有名な神域があった。

＊6　底本が採用する修正提案（stamina）に従う。写本の読みは「種（semina）」で、これを保持する校本もある。

付録

一　伝記的証言

ドーナートゥス『ウェルギリウス伝』（スエートーニウス『詩人伝』に由来）（抄）

［1］プブリウス・ウェルギリウス・マローはマントゥア出身で、両親の家柄は高くなかった。特に父親については陶工だったという人もある一方で、多くの人が、マギウスという下級役人に雇われたあと、すぐに仕事熱心を認められてその婿となり、すぐれた土質の森林を購入し、養蜂を営んでわずかだった財産を殖やしたと伝えた。［2］ウェルギリウスは、グナエウス・ポンペイウス・マグヌスとマルクス・リキニウス・クラッススが最初に執政官を務めた年[*1]の一〇月一五日に生まれた。アンデスと呼ばれる、マントゥアから遠くない村においてであった。［3］彼を宿したとき、母親は自分が一本の月桂樹の枝を出産する夢を見た。その枝は地面に触れるや成長し、たちまち大きくなって成木となり、いっぱいにさまざまな果実と花をつけた。翌日、彼女は夫とともに近くの畑に向かう途中で道から外れ、溝に下りてお産をした。［4］言い伝えでは、赤ん坊は生まれたときに泣き声も上げず、大変にやさしい顔つきであったので、このときすでに、これは間違いなく幸せな星まわりのもとに生まれた子だと思わせるほどだった。［5］それに加えて、もう一つの予兆もあった。一本のポプラの枝を出産時の儀礼として同じ場所にただちに挿すと、まもなく生育して、ずっと

以前に植えられていたポプラと同じ高さになった。そのため、この木は「ウェルギリウスの木」と呼ばれて祀られた。婦人らが妊娠中も産後もじつに熱心に礼拝し、願掛けをしては成就の御礼を果たした。

［6］幼少期はクレモーナで過ごしたが、成人のトガを一七歳の誕生日に着たあと——「その年は生まれた年とまた同じ二人が執政官で」その日はたまたま詩人ルクレーティウスの命日だった——［7］ウェルギリウスはクレモーナからメディオラーヌムへ、また少しのちにそこから都ローマへ移った。［8］恰幅も背丈も大きく、浅黒い肌、顔は田舎の人のようだった。いろいろ病気がちで、たいてい胃や喉が悪かったり、頭痛に苦しんだりしていた。しばしば吐血もした。［9］きわめて少食で、飲酒もほとんどしなかった。愛欲は少年嗜好で、なかでもいちばんのお気に入りはケベースとアレクサンドロスだった。後者は『牧歌』第二歌にアレクシスの名で登場し、アシニウス・ポッリオー[*2]から与えられた。二人とも教養があって、特にケベースは詩作もした。世間の噂では、彼はプローティア・ヒエリアとも関係をもったと言われていた。［10］しかし、アスコニウス・ペディアーヌスは、こう確言している。年上の彼女自身がよく話してくれたところでは、彼は確かに自分と付き合うようウァリウスから誘われたが、きっぱりと辞退した、と。［11］その他の点では口にすることも心に抱くこともじつに高潔な生涯を送ったことは間違いなく、ネアーポリスではパルテニアース[*3]と世間から呼ばれたほどである。また、ローマにはごくたまにしか行かなかったも

のの、その公共の場で姿を見られた場合、あとをついてきて、あれが彼だと指さす人々を避けて近くの家に逃げ込んだ。［12］財産については、ある流刑者のものをアウグストゥスが授けようとしたとき、受け取るのをよしとしなかった。［13］友人らの篤志による約一〇〇〇万セステルティウスを所有し、ローマの家はエスクイリアエ丘のマエケーナースの庭園の近くにあった。ただ、カンパーニアやシキリアに行って留守にするほうがずっと多かった。［14］もう年齢を重ねてから両親を亡くした。父は失明していた。また、二人の兄弟を失った。シローは未成年のとき、フラックスはすでに成人したあとだった。フラックスの死はダプニスと名を変えて悼んでいる。*4［15］勉学の中では医術にも励み、また特に数学に努力を傾けた。裁判官の前で弁論をしたこともあるが、ただ一度だけで、再びすることはなかった。［16］実際、彼は会話においてすらきわめて訥弁で、ほとんど無学に見えるほどだった、とメリッススが伝えている。

［17］まだ少年の頃に詩作に手を染め、バッリスタという学校の先生が強盗の汚名によって石子詰めの刑を受けたとき、二行詩を書いた。

　この石の山の下にバッリスタが葬られている。
　旅人よ、夜も昼も無事に道のりを辿れ。

それから『カタレプトン』、『プリアーポスの歌』、『エピグラム集』、『呪いの歌』、『キーリス』、『ブヨの歌』を書いた。一六歳のときであった。[*5]『ブヨの歌』の題材は次のようなものである。牧人が暑さに疲れて木の下に眠り込んだところに蛇が這い寄ってきたとき、沼からブヨが飛んできて牧人の両こめかみのあいだを刺した。〔18〕牧人はすぐにブヨを潰し、蛇を殺して、ブヨのために墓を建て、次の二行詩を作った。

小さきブヨよ、家畜番がそなたの尽力に報い、ここに
弔いの務めを果たす、命を救われた御礼に。

〔19〕『アエトナ』については、彼が書いたか、はっきりしない。
やがてローマ史に着手したが、題材に嫌気がさして『牧歌』に移行した。それはとりわけアシニウス・ポッリオー、アルフェーヌス・ウァールス、コルネーリウス・ガッルスを讃えるためであった。農地分配の際、つまり、ピリッピーでの勝利ののち、三頭政治家の命令でパドゥス川以北の土地が退役兵に分配されたとき、彼がその損失を受けずにすむように彼らが取り計らったからである。〔20〕それから『農耕詩』をマエケーナースに捧げた。まださほど名の知れていなかった彼が、ある退役兵の暴虐に直面したときに支援したからである。土地をめぐる訴訟のもつれから彼はその男にあやうく殺されるところだった。〔21〕最後に

『アエネーイス』に着手した。その筋は変化に富み、複雑で、あたかもホメーロスの両叙事詩を模す。加えて、人物名と事柄がギリシアとラテンの両方にわたり、彼がもっとも心を傾けたローマの都とアウグストゥスの起源が織り込まれている。

〔中略〕

〔30〕『アエネーイス』は着手した当初から大変な評判となり、セクストゥス・プロペルティウスは迷わずこう宣言した。

そこをのけ、ローマの作家らよ、そこをのけ、ギリシア人らよ、
何とは知らず『イーリアス』より偉大なものが生まれるから。*6

〔31〕実際、アウグストゥスは、たまたまカンタブリアに遠征中だったので、懇請や冗談めかした脅しまで手紙にしたためて督励した。彼自身の言葉を記すと、「『アエネーイス』の大筋か、さもなければ、どこでもよいので一節を送ってほしい」とのことだった。〔32〕けれども、かなりのちにようやく形が出来上がったとき、アウグストゥスの前でウェルギリウスは三つの歌だけを朗読した。第二歌、第四歌、第六歌だった。第六歌はオクターウィア*7の心を強く打った。朗読を一緒に聞いていたところ、「そなたこそがマルケッルスとなるのだ」という自分の息子についての詩行を耳にするや気を失ってしまい、なかなか意識が戻ら

なかったという。［33］朗読は他に多くの人の前でもなされたが、大勢を前にではなく、たいていは迷いのあった箇所について人々の意見を聞こうとするものだった。［34］伝えによると、解放奴隷で筆記者を務めたエロースがもう年老いてからよく言っていたところでは、ウェルギリウスは朗唱のあいだに二つの未完詩行をその場で完成させたことがあったとのことで、それまで「アエオルスの子ミーセーヌス」とあったところに「彼は他の誰よりも優れていた」を加え、同じく「ラッパで勇士らを鼓舞し」に同様の熱情に駆られながら「その調べで戦意を燃えさせることにかけて」を補わせると、ただちに、どちらの詩句*8も詩編に書き加えるように命じたという。

［35］五二歳のとき、『アエネーイス』に最後の仕上げをしようとギリシアとアシアへ出かける決心をした。三年間ひたすら推敲してから、残りの人生はただ哲学をして過ごすつもりだった。しかし、旅先のアテーナイでアウグストゥスが東方からローマに戻るところに出会った。辞去せず、一緒にまた戻ることにしたところ、近隣の町メガラを猛暑のもとで見聞するうちに体調を崩した。それが休みなしの航海のために悪化して、ブルンディシウムに着いたときには相当に深刻な状態となり、到着して数日後に亡くなった。グナエウス・センティウスとクイントゥス・ルクレーティウスが執政官の年*9の九月二一日のことである。

［36］遺骨はネアーポリスに運ばれ、塚に納められた。プテオリー街道の第二里程標の手前にあり、次の二行詩が刻まれた。

私を産んだのはマントゥア、カラブリアにさらわれ、いまの住まいは
パルテノペー。[*10] 私は牧場と田園と将軍たちを歌った。

〔37〕遺産は、半分が異父兄弟のウァレリウス・プロクルスに、四半分がアウグストゥスに、一二分の一がマエケーナースに、残りがルーキウス・ウァリウスとプローティウス・トゥッカに贈られた。この二人は詩人の死後に『アエネーイス』をカエサルの指示によって改訂したが、〔38〕このことについてはカルターゴー出身のスルピキウスの次の詩行がある。

これらの歌は燃えさかる炎で焼却せよ、
プリュギアの将軍を歌った歌は、とウェルギリウスは命じたが、
トゥッカとウァリウスがそれを禁じ、偉大なるカエサルもまた
それを許さず、ラティウムの歴史のために配慮する。
不幸なペルガモンはほとんど二度焼け落ち、
トロイアはあやうくもう一度荼毘に付されかけた。

〔中略〕

［43］ウェルギリウスにはつねに批判者がいた。驚くにはあたらない。ホメーロスにもいたのだから。『牧歌』が世に出たとき、ヌミトーリウスという者が『反牧歌』という二編のみの詩集で応えたが、それらはじつにばかげたパロディーで、第一歌の出だしは、

ティーテュルスよ、ぬくぬくのトガがあるなら、なぜブナをかぶるのか。

第二歌のは、

言ってくれ、ダーモエタースよ、「誰のの家畜か」[*11]はラテン語かね。
いいや、われらがアエゴーンの言い回し、田舎の話し方だ。

となっていた。別の者はウェルギリウスが『農耕詩』から「裸で耕し、裸で種を蒔け」[*12]と朗読したとき、「寒さで熱を出すだろう」と続けた。［44］『アエネーイス』批判もあり、カルウィーリウス・ピクトルの書名は『アエネーアースを鞭打つ』と題された。マルクス・ウィプサニウスは、ウェルギリウスをマエケーナースの隠し子と呼んだ。マエケーナースが得意とする気取った新表現が大仰でもスリムでもなく、ごく普通の言葉から成っていて、それだけに含意が不明瞭だったからである。

訳注

*1 前七〇年。

*2 ガーイウス・アシニウス・ポッリオー。前四二年の執政官。

*3 「純潔男」ほどの意味の綽名。

*4 『牧歌』五・二〇。

*5 「二二歳」、「二六歳」という読みもある。

*6 プロペルティウス『詩集』二・三四・六五―六六。

*7 アウグストゥスの姉妹。その息子マルクス・クラウディウス・マルケッルスは、アウグストゥスの娘婿となったが、前二三年に二〇歳で夭逝していた。引用詩行は『アエネーイス』六・八八三。

*8 『アエネーイス』六・一六四、一六五。

*9 前一九年。

*10 ネアーポリス（現在のナポリ）の古名。

*11 『牧歌』三・一で、疑問代名詞の属格形 cuius「誰の」が疑問形容詞として語尾変化した形（cuium）で使われていることを揶揄したもの。

*12 『農耕詩』一・二九九。

セルウィウス古注『アエネーイス』序

父はウェルギリウス、母はマギアであった。マントゥア市民であった。この町はウェネティア地方にある。さまざまな場所で文筆に精進した。クレモーナでも、メディオラーヌムでも、ネアーポリスでも学んだのである。その一方、大変に慎み深かったので、その性格に由来する綽名がついた。というのは、パルテニアースと呼ばれたからである。非の打ちどころのない生涯で、苦しんだ病もただ一つ、情欲を感じないことだった。彼が最初に作ったのは、強盗のバッリスタへの二行詩である。

この石の山の下にバッリスタが葬られている。
旅人よ、夜も昼も無事に道のりを辿れ。

また、次のような七編ないし八編の詩を書いた。『キーリス』、『アエトナ』、『ブヨの歌』、『プリアーポスの歌』、『カタレプトン』、『エピグラム集』、『女将』、『呪いの歌』である。

二　古典作家の証言

スターティウス『シルウァエ』二・七・七三―七四
（ルーカーヌス誕生祝いを主題とする詩編で詩神カッリオペーがルーカーヌスの詩業を語る一部）

これらのことをあなたは青年期の初めに歌うでしょう、
マローが『ブヨの歌』を歌った年齢よりまだ若くして。

マルティアーリス『エピグラム集』八・五五

われわれの世代は祖父の時代より進化し、
　ローマは指導者を得てますます大きくなったのだから、
不思議なことだ、神々しいマローの才能を欠き、
　誰もあのように偉大なラッパで戦争の響きを鳴らさないのは。
フラックスよ、マエケーナースがいれば、マローも欠けることはない。
　君の田園からでも君のためにウェルギリウスが輩出するだろう。
不幸なクレモーナ近郊の地所を失い、

羊たちを奪われてティーテュルスはさめざめと泣いた。
すると、エトルーリア人の騎士が微笑んだ。意地悪な貧乏を
お払い箱にして、とっとと消えろ、と命令した。
「富を受け取って、最高の詩人になれ。
君は私のアレクシスを愛してもよい」と彼は言った。
主人の食卓に仕えていた、あの絶世の美貌の少年だ。
濃厚なファレルヌム酒を大理石のように白い手で注ぎ、
バラ色の唇で味見した杯を差し出した。
ユッピテルすら心ときめく唇だ。
仰天した詩人は忘れた、太ったガラテーアのことも、
作物の収穫に出て頬が赤く焼けたテスティリスのことも。
すぐにイタリアと「戦争と勇士」を構想した。
それまでは未熟な口調で「ブヨ」の嘆きがせいぜいだったのに。
どうして言う必要があろう、ウァリウスやマールススなど、裕福になった
詩人たちの名前を。数え上げたら、大変な苦労だろう。
では、私がウェルギリウスになろうとして君からマエケーナスの施しを
受けたらどうか。ウェルギリウスではなく、マールススになるだろう。

三　『女将』関連作品

『ギリシア詞華集』五・一二九（アウトメドーン）

あのアシア出身の踊り子、つたない芸だが、
　爪先までたおやかな体の動きが
素敵だ。情感に溢れてもいないし、たおやかな
　手を右に左にたおやかに振りもしないが、
使い古した釘の上で踊る
　心得もあり、年寄りの皺を嫌がりもしないからだ。
舌でキスして、つねって、抱きつく。太股を
　のせたら、でくの坊でも地獄から蘇らせる。

『ギリシア詞華集』九・六六九（注釈家マリアーヌス）

ここへ来なさい、旅のお方。小暗い木陰に寝そべって、

ずいぶん歩いて疲れた体を休めなさい。
ここにはプラタナスの木々のあいだを涼しい水の自然の流れが
　いくつもの泉の奥から美しく湧き出しています。
ここでは春に花壇を緋紫《あかし》に染めて咲きます、
　バラのつぼみに混じって、みずみずしいスミレが。
ほら、ご覧なさい、潤い豊かな草原《くさはら》の面《おもて》いっぱいに
　キヅタが繁茂して長く伸びた蔓《つる》を絡めています。
ここにはまた草の覆う堤を流れ過ぎる川もあり、
　谷あいの自然の茂みの底を撫でていきます。
これこそエロースです。他のどんな名前がふさわしいでしょう。
　どこを見ても愛らしい魅力に満ちた場所なのですから。

『ギリシア詞華集』一六・二二七（詠み人知らず）

　この青々とした草原に身を預けなさい、旅のお方。
　辛い苦労はここまでにして、くたくたの体を休めなさい。
ここには西風の息吹きに揺れる松の木もあって心が

　和みます。セミの歌も聞こえてきます。
真昼に牧人が山の上の泉のそば、
よく繁ったプラタナスの木の下で笛の音を響かせます。
秋の犬星の燃え立つ暑さを逃れて、代わりに得られます、
極上の時が。これがヘルメースの助言です。従いなさい。

四　『カタレプトン』関連作品

Ⅱ：クインティリアーヌス『弁論家の教育』八・三・二八

わざとらしさに対してはウェルギリウスが見事に言っている。

コリントス風の言葉遣いが大好きなあの男、
ブリタンニアのトゥーキューディデース、アッティカ風熱弁のあの男は、
ガッリア風のタウ、ミン、スピンをぶっきらぼうに叩きつけては、
兄弟のためにそれやこれやの言葉すべてを取り混ぜた。

この男はキンベル[*1]と言い、兄弟を殺したことがキケローの次の言葉で述べられた者である。「兄弟をキンベルは殺した」。

訳注

*1 ティトゥス・アンニウス・キンベル。次のキケローの言葉は、キンベル（Cimber）がゲルマーニア人の一部族キンブリー（Cimbri）を連想させる一方、「兄弟」も「ゲルマーニア人」もラテン語では同じ発音（germanus）であることによる言葉遊びが意図されている。キケロー『ピリッピカ』一一・一四参照。

X：カトゥッルス『カルミナ』第四歌

遠来のみなさん、向こうに見える軽帆船は、
自分がどの船よりも速かったと言っています。
どんなに勢いよく漂ってくる舟板にも
抜かれなかったそうです。櫂《かい》を漕ぐにせよ、
帆を張るにせよ、飛ばす必要があるときには、です。
そのことをまた危険いっぱいのハドリア海の
岸も否定していないそうです。キュクラデス諸島や

高貴な島ロドス、荒《すさ》んだトラーキア、
プロポンティスやポントスの荒くれた入り江もです。
これが軽帆船となる前にそこにいたときは
葉の繁る木立でした。キュトーロスの峰の上で
おしゃべりな葉擦れの音を発していたのです。
ポントスなるアマストリスよ、ツゲが名産のキュトーロスよ、
おまえに聞けば、昔のこともいまのことも仔細に分かると
軽帆船は言っている。はるか昔に誕生して以来、
おまえの頂《いただき》に立っていたそうだね。
おまえの水面で進水を果たし、
それから海の難所をいくつも越えて
主人を運んだとか。右か、あるいは左へ
誘う風が吹こうと、ユッピテルが両方へ
同時に後押ししに来てくれたときであろうとね。
それで、岸辺の神様方に一度も願掛けを
せずにずっとやってきたそうな、海の
果てからついにはこの澄んだ湖に来るまでね。

25

でも、これは以前にあったこと。いまはひっそり
静かに隠居暮らし、あなた方に身を捧げています、
双子のカストールよ、カストールの双子の兄弟よ。

XI：カッリマコス『エピグラム』六一 Pf.（＝『ギリシア詞華集』七・七二五）

「アイノス[*1]の人メネクラテースよ、それでは君もこの世に長くは
いなかったのだね。最良の友よ、何が君を果てさせたのか。
やはりケンタウロスをも滅ぼしたもの[*2]かね」。「運命の定めた眠りが私に
訪れたのだが、不幸なワインが悪いのだ」。

訳注

＊1　トラーキアの一地域。

＊2　「ワインはケンタウロスをも、広く名の知れたエウリュティオーンをも惑わせた」（ホメーロス『オデュッセイア』二一・二九五―二九六）。

訳者解説

書名と「作者」

本書に収録した詩編集成の原題は *Appendix Vergiliana* で、ウェルギリウス作品の補遺ないし拾遺、あるいは付録といった意味合いである。この書名は一六世紀後半から一七世紀はじめの碩学ヤコブス・スカリゲルによって初めて用いられ、現在定着している。本訳が基本的に底本としたオクスフォード古典叢書新版（一九六六年）もこの原題のもとスカリゲルの編んだとおりに詩編を配しており、本訳も、『プリアーポスの歌』IV以外は、その配列に従っている。なお、『小品集（*minora*）』という呼び方も用いられることがあり、たとえばオクスフォード古典叢書旧版（一九〇七年）では『ウェルギリウスに帰せられた小品詩集（*carmina minora Vergilio adtributa*）』という副題がつけられている。加えて、「小品」という呼称は、次項にあらためて触れるように、本集成の詩編が共有する「小さな詩」という特色を言い当てている面がある。このようなことから、本訳書の邦題を『ウェルギリウス小品集』とすることにした。

古代ローマを代表する詩人プブリウス・ウェルギリウス・マロー（前七〇―前一九年）の確かな真筆として伝わるのは『牧歌』全一〇歌、『農耕詩』全四歌、『アエネーイス』全一二歌の三作品のみであるが、これら以前に詩人が若い頃に書いた詩があったことについては古代の証言がある（以下に言及するものは、いずれも「付録」に訳出した）。

後一世紀後半に活躍した修辞学者クインティリアーヌスは、『カタレプトン』第Ⅱ歌をウェルギリウスの作として引用している（『弁論家の教育』八・三・二八）。ほぼ同時期の詩人スターティウスとマルティアーリスは、ともに『ブヨの歌』についてウェルギリウスの若い頃の作として言及している（『シルウァエ』二・七・七三―七四、『エピグラム集』八・五五・二〇）。後二世紀はじめに活躍した伝記作家スエートーニウスの『詩人伝』を原拠とすると考えられる後四世紀の文法学者ドーナートゥスの『ウェルギリウス伝』は、詩人の若いときの作として『カタレプトン』、『プリアーポスの歌』、『エピグラム集』、『呪いの歌』、『キーリス』、『ブヨの歌』を記し、疑念があるとしながら『アエトナ』も挙げている。後四世紀末から五世紀はじめにかけての文法家でウェルギリウスの全作品に詳細な注釈を残したセルウィウスは、若きウェルギリウスが七編ないし八編の詩を書いたとして、『アエトナ』も含めてドーナートゥスの挙げたものに加え、『女将』も記している。

そののち、後九世紀の書誌目録には『カタレプトン』、『プリアーポスの歌』、『エピグラム集』、『呪いの歌』、『キーリス』、『ブヨの歌』、『アエトナ』、『女将』に加え、『マエケーナースに捧げるエレゲイア』と『モレートゥム』を含めた集成の記載が見られる。おそらくドーナートゥスやセルウィウスの記述をもとにして、この頃には集成の原型が形作られていたと考えられる。これに『「そうだ」と「否《いな》」について』、『有徳の士の教育について』、『生まれ出ずるバラ』の三編が加わったのが本集成ということになるが、これら三編は後四世紀の詩人アウソニウスの作とされている。

アウソニウス作と考えられる三編の他、『マエケーナースに捧げるエレゲイア』もウェルギリウスの真筆でないことは明白である。というのも、この詩はマエケーナースの死を悼む内容となっているが、その没年は前八年であり、ウェルギリウスが没して一〇年あまりのちに書かれたことになるからである。そして、ウェルギリウス作とする古代の証言がある詩編についても、多かれ少なかれ真作かどうか疑問がもたれている。その根拠は、一つには真筆の三作品と著しく異なる作風である。集成の題名を冠したスカリゲルも、そのためにウェルギリウス作ではないと判断していた。ただし、作風という判断基準はかなり主観的で、それぞれの読み方次第で変わる余地がある。作品の真贋をめぐっては、問題を複雑にしている古代特有の問題に留意する必要がある。

古代には、権威ある大家の名のもとに、あるいは、その名前に関係づけられて伝わる作品が多数存在する。そこには作品の受容とテキストの伝承の様態が関わっている。大家としてある詩人の権威が確立すると、そこに群がるようにさまざまな形で別の無名の詩人による作品が生まれる。大家の作風や表現を模倣しながら別の詩形式や主題で詩作したもの、大家が描いた物語の続編、大家の作品のパロディーなどなどである。また、ときには、すでにあった作品が大家に帰せられたりもする。そのことは古典文学の最初期から、つまりホメーロスにおいてすでに認められる。ホメーロスについては、そもそも、それは誰か、どういう詩人か、その名前の内実をめぐる「ホメーロス問題」という西洋古典学最大級の難問があるが、ここでは単に『イーリアス』と『オデュッセイア』という両英雄叙事詩を「真作」としておくと、まず、その詩風を踏襲しながら神々の権能を讃え、縁起を語った『ホメーロス風讃歌』と呼ばれる一群の作者不明の詩が伝わる。また「叙事詩の環」と総称され、トロイア戦争のうち『イーリアス』と『オデュッセイア』で語られなかった題材を取り上げた一連の叙事詩の梗概が伝存する。さらに、『蛙と鼠の合戦』のような英雄叙事詩のパロディー作も生まれた。そうして誕生した無名詩人の作品は、伝承の過程で大家の名のもとに括られて受け継がれた。ホメーロスの場合には、すぐあとにまた触れるように、ヘレニズム時代にアレクサンドリアの学者たちによってテキストの真正が精査されたために「真作」の確定がなされたが、これはむしろ例外的な場合とも言える。

ある作品がいったん大家の作に帰せられると、そのことが真偽を度外視して扱われる場合もある。Peirano は右に触れた『ブヨの歌』についてのスターティウスとマルティアーリスの言及をそうした場合として論じている。それによれば、両詩人いずれの場合もウェルギリウスをして大成する以前には未熟な作品があったことをポイントにしているが、それは自身の詩作を大詩人の場合と引き比べてユーモラスに表現する詩作意図に発するものであり、その頃に『ブヨの歌』が一般にウェルギリウス作と考えられたことの証左ではあっても、スターティウスやマルティアーリスのような眼識ある詩人が同様に信じていたことを示すものでは必ずしもなく、むしろ不確かな一般認識を自分の詩作表現に利用したものだと考えられるという。

いずれにしても、大家の作に帰せられた無名詩人の作品は、現代のわれわれが偽作や贋作といった言葉で考えるものとはおよそ異なる。それらはむしろ核をなす傑出した詩作のまわりに文学伝統の山裾を広げる営みと考えるほうが、おそらく、より生産的な理解だと思われる。実際、本集成に目を向けても、頂きが高ければ高いほど山裾が八方に大きく広がるように、内容面でも形式面でもじつに多様な詩から成っている。そこで、このあとは詩編ごとにその特質を個別に述べていくのが適切と思われるが、そのためにまず、これらの詩編が書かれた頃のローマの文学潮流について少し見ておきたい。

作品の背景——共和政末期から帝政初期の文学潮流

本書に収められた詩編のほとんどは、ローマを活動の中心とするラテン文学がもっとも輝いていた時代に書かれた。つまり、前一世紀中頃の共和政末期からアウグストゥスの没する後一四年頃までで、特にアウグストゥスの治世はラテン文学黄金期とも呼ばれる。隆盛はローマの指導層にあった文壇のパトロンたちに支えられる一方、発展の契機はヘレニズム文学、とりわけカッリマコスの文学論の受容にあり、大輪の花は内乱という甚大な犠牲をともなう経験のうえに開いた。

文壇のパトロンに関しては、大スキーピオーに次いでアーフリカーヌスの副名を得た小スキーピオー（前一八五年頃—前一二九年）が文壇サークルを主宰したことが知られているように、ラテン文学の展開にはつねに彼らの寄与があった。ラテン文学黄金期の代表的パトロンは、ガーイウス・マエケーナース（前八年没）とマルクス・ウァレリウス・メッサッラ・コルウィーヌス（前六四年—後八または一二年）の二人である。本集成中にも、『マエケーナースに捧げるエレゲイア』が含まれ、『キーリス』はメッサッラに献じられている。その貢献の大きさについてはマルティアーリスが雄弁に語っている（『エピグラム集』八・五五。「付録」に訳出）。忘れてならないのは、アウグストゥスが統治施策の一つとして文化振興を推し進め、詩人たちと親密な関係を結んだことである。本集成中の『ブヨの歌』はオクターウィウスに呼びかけて始まるが、そこではアウグストゥスがその名であった頃（前四四年以前）からの古いつきあいが想定されている。

ラテン文学の発展に大きな影響を及ぼしたヘレニズム文学の特質は「小さな」詩にある。それは陳腐な題材と表現に終始する英雄叙事詩の「長大」に対するアンチテーゼとしてカッリマコス（前四世紀中頃─前三世紀中頃）によって主唱された。ただ、英雄叙事詩そのものが否定されたわけではないことには注意しなければならない。むしろ、英雄叙事詩は詩作の王道であり──そのことは（カッリマコスもその司書を務めた）アレクサンドリア図書館を中心拠点として発展した文献学がホメーロスを主要対象としたことからも明白である──、それだけにそれを極めるのは困難で、『イーリアス』や『オデュッセイア』の領域は本当に詩神の助けがなければ到達できない高みとして捉えられた。この点で象徴的なのは、「巨人族の戦争」が陳腐な英雄叙事詩の代表的題材とされたことである。巨人族は山に山を積み上げて天界に攻め上がろうとしたが、王神の雷電によって撃退され、試みは潰えた。詩歌も、いくら図体ばかり大きくしても、それに見合う神的霊感がともなわなければ価値がない。そこで、「小さな」作品はつねに英雄叙事詩を意識しながら、神の高みは求めずとも、人間にできる工夫と彫琢を旨として、繊細な暗示、微妙な変化、洗練された機知に新境地を見出した。新たな文学ジャンルとして牧歌や小叙事詩を生み出した他、既存ジャンルの教訓叙事詩、讃歌、エピグラムにも新機軸を加えて多彩な表現を見せた。こうした詩作の性格を象徴的に示すものとして、「辞退（recusatio）」と呼ばれる常套形式がある。カッリマコスは詩作を始めようとしたとき、「アポッローン神が私に命じた、犠牲獣はできるだけ太らせよ、だが、よいか、歌はほっそりしたムーサを歌え、と」（『縁起詩』断片一・二二―二四）と歌った。英雄叙事詩を意識しながら、それを避ける企図が自発的というより、拒むことのできない神からの強制として機知に富む表現をなしている。

ローマでヘレニズム文学がもてはやされるきっかけは、前七〇年前後――つまり、ちょうどウェルギリウスが生まれた頃――にギリシア人の学者詩人パルテニオスがカッリマコスの文学理論にもとづく詩作を紹介したことにある。当初は、ともすると流行にのって小手先の技術に頼るような詩作もままあったらしく、それらに対してキケローは批判的な言辞を残し、そうした詩人たちに対して使われた「新詩人」という呼び名には否定的な響きがあった。

その状況を大きく変えたのは、カトゥッルス（前八四年頃―前五四年頃。前五二／五一年没とする説もある）の登場だった。その詩作は、数種の韻律を用い、恋愛詩、神話伝説に取材した詩、文芸批評の詩、あるいは祝婚歌やエピグラムなど多彩な表現様式を試み、詩情に機知と皮肉を特質とする「都会的洗練」が貫いていた。とりわけ、ここで注意しておきたいのは、その自覚的詩作である。それにはおよそ二つの面が認められる。一つは、たとえば恋愛詩において激しい熱情を歌うと同時に、そのような自分の心の動きを相対化して外から見つめる視点といったそれぞれの詩の内的文脈に関わる面であり、いま一つは、自分が行っている詩作そのものを表現材料とするような、いわゆるメタ文学的文脈に関わる面である。このうち後者はさらに、詩作意義やジャンルの選択など詩論的文脈とも関係する。こうしてヘレニズム文学が唱道した「小さな」詩の根幹をローマの土壌に移植したカトゥッルスの影響は大きい。その活躍時期は、ちょうどウェルギリウスの若いとき、つまり本書の多くの詩編の執筆時期と想定される頃にあたる。それだけに本集成中にもカトゥッルス『カルミナ』第四歌のパロディーをなす『カタレプトン』第X歌のような明瞭な例の他、随所にモチーフや詩句のパラレルが認められる。

カトゥッルスが若くして没したあとのローマには二〇年ものあいだ内乱の嵐が吹き荒れた。同胞が血を流し合い、外敵との戦い以上に戦争の愚かさ、不条理と悲惨さを露わにした狂乱がようやく静まったとき、詩人たちも過ちを繰り返さないための主張と自身の役割を詩歌に託した。ローマ人としての生き方が詩作ジャンルの選択と重ね合わせられたところから、ヘレニズム文学の影響下に詩作それ自体の意義を織り込む詩作はカトゥッルスから一段進んで、「ローマ人の詩作」として認められるアイデンティティを確立するに至る。カッリマコスが用いた「辞退」の形式を援用しながら、一方で、英雄叙事詩が象徴する戦争とそこで得られる事績、名声、富といった価値に対して、ティブッルスやプロペルティウスなどの恋愛詩人たちはエレゲイア詩によって、世間から蔑まれても平和を守り、信義を貫く愛を訴えた。他方でホラーティウスは、叙事詩が「怒り」や「帰国」といった統一的主題のもとに綴られるのに対して、諷刺詩、抒情詩、書簡詩など多様な詩作ジャンルと、特に抒情詩については多彩な韻律を駆使しつつ、心情の揺れ、時局の浮き沈みなどの「変化」とそれに応じた臨機の「適正」に皮肉と逆説を込めた豊かな表現を与えた。それに対してウェルギリウスは、最終的には建国叙事詩『アエネーイス』を執筆することで「戦争」と正面から向き合うことを果たした。ただ、そこに至るまでには一度ならず「辞退」を用いている。『牧歌』六・三―五では右に引用したカッリマコスの表現をほぼそのまま借用し、『農耕詩』第三歌冒頭では、いつかカエサルの戦勝を語ることを約束しつつ、いまは牧場のことを歌うと述べた。

以上、作品の背景となる文学潮流を概観した。本書収載の各詩編もこの潮流に従って、その随所にヘレニズム文学の影響下に「小さな詩」を志向する自覚的詩作という特質が認められる。その一方で、まだ黄金期の成熟に至らない「若さ」をそこここに残してもいる。その点では、表現の面での生硬さもさることながら、特にウェルギリウスの真筆作品と比べるとき、同じように自覚的と言っても、ローマ人とは何か、あるいは、ローマに生きるとはどのようなことか、というような大きな視野での問題意識が稀薄であり、そこに差があるようにも思われる。そうしたことに留意しつつ、以下では個々の詩編について見ていくことにする。

『呪いの歌（*Dirae*）』（／『リューディア（*Lydia*）』）

この二つの詩は、ほとんどの写本で一続きになっているが、一〇三行までとそのあとで詩情がかなり変わることから、別の詩とする見方が有力である。『呪いの歌』がウェルギリウス『牧歌』第一歌と第九歌と同じ題材、つまり、マルクス・アントーニウスとオクターウィアーヌスが前四二年にピリッピーの戦いで共和政派軍を破ったあと、退役兵に報奨として農地を与えるためにイタリア各地で始めた土地没収を扱っている一方で、『リューディア』はそうして土地を逐われる若者が恋人と別れねばならない嘆きを歌っている。とはいえ、先に見たドーナートゥスやセルウィウスの証言中には『呪いの歌』は挙げられていても、『リューディア』という題名は見られない。また、一〇三行までのあいだでリューディアへの言及や呼びかけがなされる四一、八九―九〇、九五―九六行について竄入などを想定しなくてはならなくなる、といった問題も生じる。加えて、自分の土地を奪われる若者の心情を牧歌の設定の中に歌っている点では全体が一貫している。

「牧歌」はヘレニズム文学の主要ジャンルの一つとして前三世紀のギリシア詩人テオクリトスによって確立された。叙事詩と同じ韻律ヘクサメトロス（長短短格六脚韻）を用い、のどかで平和、憂いと言えば恋の悩みぐらいしかない理想郷とも見える田園を舞台にして牧人たちが恋を歌い、互いの歌を競い合い、また、それぞれの思いを語り合う。田園は都会人が夢見るような理想郷であるだけ現実からは遠く離れ、テオクリトスの詩作の核はヘレニズム文学特有の機知と洗練された遊び心にあったと言える。

このような牧歌の伝統の上に立ちながら、ウェルギリウスは平和な田園とは異質な現実を詩作に持ち込んだ。そのもっとも顕著なものが土地没収であり、それは詩人自身が間近に経験したことでもあった。故郷マントゥアの土地を奪われることはかろうじて免れたものの、入植してきた退役兵との諍いから命の危険にさらされもした。

この突然に襲った理不尽な状況を『牧歌』第一歌と第九歌は土地を逐われる牧人と残ることのできた牧人とのあいだの静かな対話や歌の交換を通じて表現した。入植する退役兵を「不敬な」、「野蛮な」(『牧歌』一・七〇、七一)と呼ぶことはあっても、それ以上に攻撃的な情動はほとんど見られず、そのことがかえって悲嘆や痛憤に深みを与え、巨大な力に直面したときの個々の人間の無力感を浮かび上がらせている。

それとは対照的に、『呪いの歌』は自分の土地を奪う者に対する強い憎悪を直接的に表現している。そこに生まれ育ったというだけでなく、作物や牧草の生育のために心血を注いで世話を続けてきた土地が奪われるのであるから、計り知れない悲しみ、痛み、憎しみが胸を満たすのは自然であり、『呪いの歌』はその自然な感情を激しく吐露したものと言える。

これと比べると、『牧歌』第一歌と第九歌の静かな情調のほうに、むしろ不思議な感覚を覚える。その違いは、おそらく、よそからの入植者を「敵」と見るかどうかにある。軍役の報奨として土地を受け取って入植した退役兵の多くは地域の気候も土壌も、それらに適した作物や生育法もよく知らず――それゆえ「野蛮」――、すぐに荒れ野にしたうえで売り払う――したがって、稔りをもたらす神々に「不敬」――という結果となった。その点では、彼らも内乱に翻弄された犠牲者である。なにより、そもそも同じローマ人であって、状況が違えば、互いに協力し合える同胞のはずであるけれども、現実には悲惨な状況しかない。そうした相違を端的に示すものとして、『牧歌』第一歌と『呪いの歌』には「不和(discordia)」と「市民(ciuis)」を行末で並置した(形の上では)共通の詩句がある。『呪いの歌』が「つねに同胞市民に仇なす「不和」よ」(八三行)と、内乱を起こした者を犯罪者として敵視するのに対して、『牧歌』は「ああ、どこまで不和は市民らを不幸へ突き落したのか」(一・七一―七二行)と、内乱による不幸に焦点をあてている。

『ブヨの歌』(*Culex*)』

『ブヨの歌』は、先に触れたように、スターティウスとマルティアーリスが若きウェルギリウスの作として言及していることもあり、ウェルギリウスの真筆か否かの議論が集成の中でもとりわけ喧しい。真作を否定する有力な議論の一つにMostによるものがある。その要点は、詩編は朝、昼、夜と一日の区分を明示しながら、「朝」が『牧歌』、「昼」が『農耕詩』、

「夜」が『アエネーイス』を暗示する叙述をなしている、つまり、ウェルギリウスの真筆三作品をその執筆順に織り込んでいるので、ウェルギリウス自身、特にその若い頃の作とはきわめて考えにくいというもので、訳者には非常に説得的に思える。けれども、真作説は根強く残っている。古代の証言がある以上、その見方に立つことも理解される。

さて、『ブヨの歌』は集成中の長い詩編の一つであり、ヘクサメトロスで四一三行ある全体の構成はおおよそ次のようにまとめられる。

一～四一行：序――オクターウィウスと詩神に呼びかけて「戯れの歌」の試みに加護を乞う

四二～二〇一行：山羊の放牧

四二～五七行：朝、牧草地への出発

五八～九七行：牧人の暮らしの賞賛

九八～一五六行：真昼、炎暑下に木陰なす聖林の描写

一五七～二〇一行：大蛇の襲撃、ブヨの警告、大蛇退治

二〇二～三八四行：夜、ブヨの霊が現れて牧人を叱責する

二〇二～二三一行：牧人の枕もとでブヨの霊が報恩を求める

二三二～三七一行：ブヨによる冥界の描写

三七二～三八四行：ブヨの嗟嘆「冥界法廷で支援証言をしないのか」

三八五～四一三行：牧人によるブヨの塚の建立

「序」は、この詩を「戯れ」、「細身のタレイア」と規定し、「小さな蜘蛛」、「ほっそりした織物」にたとえて、「学あるもの」となることを願う（一―一三行）。知的遊戯を核として繊細で洗練された「小さな詩」を志向するヘレニズム文学的な詩作意図が明瞭に見て取れる。そのことはブヨというほとんど極小の存在を詩編の題名とすることに象徴され、その歌の価値は「ブヨの重みと名声」（七行）という逆説的表現で訴えられる。そして、二四行以下のオクタ－ウィウスへの呼びかけでは、「辞退」の常套を踏んで、「戦争」ではなく、「繊細な詩行を連ねて綴るたおやかな歌、力量に合った歌をポイボスに導かれて戯れに紡ぐことが喜び」（三五―三六行）と述べられる。

「戯れ」は詩編の前半では牧歌的な情景の上に現れる。文学ジャンルの点で、牧歌を創始したテオクリトスの詩作の核に「遊び心」があったことは先に触れたが、ウェルギリウス『牧歌』でも、牧歌ないし牧人の歌は「戯れ」として繰り返し表現される（一・一〇、六・一、二八、三五、七・一七、九・三九）。この「序」においても、詩神ポイボス・アポッローンの加護を求めて「戯れの歌舞」（一九行）を捧げることが示されたあと、牧畜の神パレースへの呼びかけがなされている（二〇―二三行）。

それに呼応して、詩編前半（四二―二〇一行）は山羊の放牧地に場面を置き、内容的には四部構成で展開する。朝、一日の始まりに牧人が山羊たちを餌場に連れ出す叙述（四二―五七行）に続いて、牧場の暮らしを「牧人の幸せ」（五八、七九行）とする賞賛（五八―九七行）がなされたあと、真昼に休息の場として木蔭を提供する森の描写と木々のカタログ（九八―一五六行）をはさんで、大蛇に襲われた牧人の危機脱出の叙述（一五七―二〇一行）で締めくくられる。

牧人の暮らしを賞賛する箇所は、ヘーシオドスへの言及（九六行）にも明瞭なように教訓詩的で、ウェルギリウス『農耕詩』第二歌末尾に置かれた、いわゆる「農民讃歌」を想起させ、「戯れ」とは異なる真面目な調子を示しているようにも見える。しかし、それが見かけだけであることはすぐに明らかになる。牧人の賞賛は「疲れれば体に気持ちのよい眠りを結ぶ。〔…〕心穏やかに憂いのない人生を過ごす」（九三、九七行）と結ばれていたが、まさにそうした安逸が揺るぎないものであるかのように五行（一五七―一六一行）を費やして強調し、「不意を襲われる心配もなく」（一五九行）とさえ言われた直後に、その足をすくって転倒させるように牧人を襲う危機の叙述が始まるからである。

この「転倒」は唐突に見えて、その前の森の描写と木々のカタログから暗示的に用意されている。森はかつて自分の息子の血で汚れたアガウエーが休んだ場所とされる（一一〇―一一四行）。カタログに列挙される木々には、帰国を奪うロートス（一二四―一二六行）、パエトーンの死を嘆くヘーリアデスが変身したポプラ（一二七―一三〇、一四一―一四二行）、悲恋のピュッリスが変身したアーモンド（一三一―一三三行）、また、裏切りによって殺害されたトロイア王子が変身したミルテ（一四五行）など、悲劇的情調の物語がまつわる。これらは牧人が休む「濃い陰」（一〇八、一五七行）になにか陰鬱なものが潜むことを暗示しているようにも思われる。

それでも、牧人は危険をまったく予期せず、「やさしい、憂いのない眠り」（一五八、一六〇行）に包まれ、「甘美な安らぎ」（一六一行）を得ようとしていた。その牧人に災難が襲ったのは「偶然の女神」（一六二行）の差し金とされる。しかし、大蛇のほうは、たまたまそこに現れたわけではなく、「いつもどおりの刻限に同じ経路で練り歩く」（一六三行）習慣で、「この蛇の水瀬」（一七七―一七八行）に侵入した者は報いを受ける定めだった（一七四―一七八行）。その一方、牧人も放牧のあいだ「いつもどおりに」（一〇〇行）葦笛の曲を演じ、真昼になったとき山羊たちを「水瀬」（一〇五行）に追い立て、「濃い陰」（一〇八行）の中に集めようとしていた。どちらも「水瀬」をいつもの場所としているなら、双方の遭遇は必然のはずである。だが、遭遇は一度だけしかありえない。遭遇すれば、どちらかが死ぬか、牧人が逃げ延びて二度と近づかなくなるかのいずれかのはずだからである。そこで、「偶然の女神」の働きは遭遇させたこと自体ではなく、遭遇が必然であるのに、このときまで遭遇の機会を作らず、ようやくいまそれを実現させた、まさに偶然の気まぐれにあるように思える。

この「気まぐれ」は先に触れた「転倒」と軌を一にした諧謔の表現であると見られ、遭遇の結果もこれに同調して戯画の様相を呈する。ブヨが牧人の瞼を刺して危機を知らせたかと思うと、そのブヨは即座に牧人によって叩き潰され、大蛇も牧人が打ちつける木の枝によってあっけなく倒されてしまう。木の枝を武器にできたことについて、「救いが得られたのは偶然か、神々の意志によるのか」（一九三行）とする大仰な言い回し、牧人がそれを容赦なく揮えたのは、目が覚めたばかりで恐怖も覚えないほど感覚が鈍かったため（一九八―一九九行）というコミカルな叙述を経て、ことが終わって牧人が「へたり込んだ」（二〇一行）滑稽な図で前半は締めくくられる。

詩編後半の「戯れ」は、英雄叙事詩のパロディーの形をとっている。ただし、描かれる戯画が牧人の眠りから動き出すのは前半と同じで、枕もとに現れたブヨの霊による悲嘆と牧人への叱責（二〇八―三八四行）が後半の大部分を占める。

ブヨが現れた目的は、牧人に自分への葬礼を施すよう求め、それによって死後の平安を得ることにある。弔いの済まない死者の霊は、此岸と彼岸を隔てる冥界の川を渡ることができず、いつまでも迷わなければならない。自分は赤の他人である牧人の危機を救った代償に命を失ったのであるから、その大恩に報いるよう牧人はしかるべき感謝と敬意を葬礼に表すのが当然、というのがブヨの言い分である。

この展開は、ホメーロス『イーリアス』第二三歌でパトロクロスの霊がアキッレースの夢に現れて弔いを求めたくだりを踏まえている。パトロクロスの死はアキッレースの武具を着て戦った結果であるので、アキッレースの身代わりという意味合いがあり、その点もブヨの場合と重なる。

けれども、ブヨの「歌」（二〇九行）は用件を伝えるだけでは終わらず、延々と冥界とその住人の描写を繰り広げる。これは「冥界降り」と呼ばれる英雄叙事詩の常套を踏まえている。そこでは、英雄がまず神的霊力を備えた存在からその手順を聞いて冥界に降り、英雄が必要とする知識をもつ霊に会って啓示を受ける。ホメーロス『オデュッセイア』一〇・四八〇以下では、オデュッセウスが魔女キルケーから帰国のためには冥界に降り、予言者テイレシアースの霊から方途を学ぶ必要があることを聞いてそのとおりにし、他の霊たちからも帰国に関わる情報を聞き知る。ウェルギリウス『アエネーイス』第六歌では、アエネーアースがクーマエのアポッローン神の巫女シビュッラの案内に従って冥界に降り、父アンキーセースの霊からローマ建国の使命について教えられる。また、「冥界降り」の常套モチーフに、冥界の川を渡ろうとする英雄の前にまだ埋葬の済んでいない死者の霊が現れ、自身の弔いを求めて嘆願する、というものがある。ホメーロス『オデュッセイア』第一一歌ではオデュッセウスにエルペーノールの霊が、ウェルギリウス『アエネーイス』第六歌ではアエネーアースにパリヌールスの霊が懇願する。

この常套に照らすと、ブヨは一方で英雄に埋葬を懇願する霊に対応する。しかし、それと同時に、冥界について牧人に告げ知らせる霊という点では、英雄に冥界への案内をする霊的存在、および啓示を与える予言者的霊に対応しているとも見なせる。それに対して牧人は、ブヨのおかげで冥界に降るという労苦を負うこともなく、冥界を詳しく案内されるとともに、大恩には相応の感謝と敬意で報いよ、という教えを受ける点で英雄に対応していることになる。

詩編の始まりで牧人は「幸せ」の体現者であるかのように讃えられていたが、いまや自分の身代わりとなったブヨの不幸から人のなすべき務めを教えられた。その務めを果たすべく、ブヨの塚を牧人が精魂込めて顕彰して詩編は結ばれる。そうしてブヨの霊は目指していたエーリュシオン（二六〇行）に晴れて安住の地を見出したはずだが、そうすると、しかしながら、これまで彼岸に渡ったことのなかったブヨがどうして冥界の住人たち――名のある婦人たち（二六一―二九五行）、ギリシアの英雄たち（二九六―三五七行）、ローマの英傑たち（三五八―三七一行）――を目の当たりにしたかのように語れるのかが不思議になる。一つの答えとしては、「序」では「このブヨの歌が学あるもの」（三行）となることが提示されていたので、この提示に呼応して冥界についての知識が披露されているとも考えられる。あるいは、そもそもブヨは、自分では渡し舟に乗せられると言っている（二一五―二一六行）が、その気になれば空を飛んで川を越えられるから、正式な定住は冥界の審判（二七五―二七六行）を受けるまで叶わないとしても、上空から彼岸を眺望できたのかもしれない。いずれにしても、「戯れ」が詩編の隅々に行き渡っているのは間違いないように思われる。

『アエトナ（*Aetna*）』

『アエトナ』は六四五行あり、集成中でもっとも長い。ヘクサメトロスの韻律でアエトナの火山活動の原理について語り、全体の構成はおおよそ次のようにまとめられる。

一〜八行：序歌――アエトナの火山活動を歌う試みに詩神の加護を乞う
九〜九三行：試みの提示――神話的説明を排して真実を明らかにする
九四〜一七四行：地中の空隙や裂け目に生じる風が地震の原因
一七五〜一八七行：アエトナの全景
一八八〜二一八行：風が火山活動の原動力、噴火の原因
二一九〜二八一行：学問の重要性（二五一〜二八一行：地学の重要性）
二八二〜三八四行：風が生じる原因
三八五〜四四七行：噴火の燃料
四四八〜五六四行：溶岩が噴火の原因物質
五六五行〜：小括――以上が火山活動の仕組み

五六八〜六〇二行：世界の史跡と景勝

六〇三〜六四五行：アエトナを舞台とした物語――孝行息子らに道を譲った火焔

アエトナ山は、その自然の驚異によって詩的想像力をかき立て続けた。この火山が多くの神話伝承の舞台となったことは、『アエトナ』の中でも冒頭に言及がある。火山の描写についてもセネカは、それを自分の詩に組み入れようとしているらしい友人ルーキーリウスに宛てて、アエトナを「あらゆる詩人が定番とする題材」とし、オウィディウス、ウェルギリウス、コルネーリウス・セウェールスを例として挙げている（『倫理書簡集』七九・五）。

そのように詩人たちが描いたアエトナに対して、『アエトナ』の詩人は「学問的」ないし「科学的」にアエトナの火山活動について歌うことを試みる。このような詩作は、ヘクサメトロスの韻律を用いてある知識を教示する点で教訓叙事詩に、さらにその中でも、教示されるのが科学的知識である点で哲学詩というジャンルに属すると考えられる。哲学詩はギリシアではエンペドクレース（前四九五頃―前四三五年頃）が代表格であり、ローマではルクレーティウス（前九九頃―前五五年頃）の『事物の本性について』が原子論に立脚するエピクーロス派の教えを説いたことに始まる。

実際のところ、ルクレーティウスもアエトナの火山活動について語っていた（『事物の本性について』六・六三九―七〇二）。それも、短いものではあるものの、山の内側にある空洞に生じる風が噴火の原動力だとするところは『アエトナ』が説くところと同じである。また、学問において観察の重要性が主張されることも共通する。ルクレーティウスが「広く深く見つめ、どこまでもありとあらゆる方面に目を行き届かせるべき」（同書、六・六四七―六四八）で、そうして「明晰に観察し、明晰に見つめるなら、多くのことは驚異と感じられなくなる」（同書、六・六五三―六五四）と述べる一方、『アエトナ』では、学問全般について「この大宇宙に存在するかぎりの驚異をただ積み上げたままにも、事象の堆積に埋まったままにもせず、画然と認識し、一つ一つ定まった位置に配置すること、これらのことこそ、心に適う神々しい喜び」（二四七―二五〇行）としたうえで、「人間がまず先に心を向けるべきは大地の学問、自然が生んだ数かぎりない驚異を観察すること」（二五一―二五二行）と言われる。

では、『アエトナ』の詩としての特色、あるいは詩作の独自性はどこにあるのか。この点で注目されるのは、「私が心血を注ぐのは、ただ真実のみ」（九一―九二行）、また、「アエトナも〔…〕自身について真実にもっとも近い確証を明示」（一七七行）というように、詩歌が真実を示すことを強調し、それが科学的観察の対象であるアエトナそのものから明らかにされる、としていることである。伝統的に科学と詩歌は「事実」と「虚構」という概念的対立のもとに捉えられた。それはロゴスとミュートスの対立とも重なる。そこで、ルクレーティウスでは、苦い薬であるような哲学に対して、詩はそれを子供にも飲めるようにする甘い蜜とされた（『事物の本性について』一・九三六以下）。つまり、詩歌はそれ自体の真価を認められているというより、「方便」として位置づけられている。それに対して、『アエトナ』では、アエトナの真実が詩歌を形作り、科学と詩歌は等価とされていると見られる。Welshはこうした観点からいくつかの有益な指摘をしているが、なかでも関心を引くところを次に紹介する。

『アエトナ』の詩人は、火山活動について語ろうとするとき、問題は「他ならぬ風はどこから来るのか、何が燃料となって燃えるのか、突然抑え込まれるとき、いかなる原因が内在して沈静するのか」（二二〇―二二一行）であり、精神の糧となる最大のこと（rerum maxima）（二七一行）は「何が風を差し向け、何が風の兵糧となるか、突然の静穏、暗黙の平和協定は何が原因であるかを知ること」（二八〇―二八一行）というように、噴火を起こす原因とともに、それが突然に静まる原因についても述べることを予告しているが、それを直接的に説明する箇所はどこにも見当たらない。その一方で、三三九行以下では、山頂で神事に従事する人々が祭壇に焚く香煙は穏やかに空へ昇り、「それほどの静穏と、劫略の害と無縁な平和がその風にはある」（三五七行）と言われる。また、詩編を締めくくる孝行息子らに火焔が道を譲った「驚くべき物語」（六〇三行）では、「なによりも偉大なもの（maxima rerum）」、孝心が人間にとってもっとも安全な美徳であるのは当然のこと。親孝行の若者らに触れるのを炎も恥と思い、彼らがどこに足を向けようと道を譲る。その日は幸せな一日、その地は害と無縁だ」（六三二―六三六行）と語られる。ラテン語では「敬神」も「孝心」もともに「ピエタース（pietas）」という語で表される。これは神々も含めて社会的関係を結ぶ相手にそれぞれの関係性に応じた敬愛を払う美徳で、ローマ人の道徳基盤をなした。その美徳を実践する人々に対してはアエトナ火山も「害と無縁（innoxia）」（三五七、六三六行）とされる。ところが、ルクレーティウスが火山活動を語った箇所では、「いかなる恥ずべき行為にも関与しない無辜の人（innoxius）が火焔に巻き込まれる」（『事物の本性について』六・三九三―三九四）のはなぜか、と嘆かれていた。それと対比的に、ここには、ピエタースは相応の見返りを得るという教訓がアエトナそのものによって示されており、火山が神的啓示を与える存在として描かれ、そうした神秘性は詩歌によって語られることがふさわしく、アエトナについての科学が詩歌と一体になっている。

以上のWelshの議論は『アエトナ』全体の詩作構想に光をあてている点で興味深い。そもそも『アエトナ』は難解な表現が多く、それも災いして集成の中でもテキストの乱れがとりわけ激しいために内容に深く立ち入った解釈はなされてこなかった。その欠はこれから埋められるかもしれない。

『女　将（*Copa*）』

この短い詩編はエレゲイア詩形で書かれている。これはヘクサメトロス（長短短格六脚韻）とペンタメトロス（長短短格五脚韻）の二行一対による韻律で、抒情詩、教訓詩、（碑銘も含む）エピグラムなど、さまざまなジャンルの詩作に用いられた。ラテン文学では、特にカトゥッルス以降、「恋愛エレゲイア詩」と呼ばれるジャンルが展開した。

この詩を読んだときの第一印象は、おそらく酒場兼宿屋の宣伝文というところであろう。そこで、冒頭四行を導入として、そのあと末尾までを題名とされている女将による呼び込みの言葉とする解釈が提起され、そのように印刷している校本もある。けれども、底本はその見方を退けている。この詩の題材とされている「踊り子」や「快適な休憩所」は、「付録」にいくつか訳出したように、そのパラレルを『ギリシア詞華集』の中に見ることができ、エピグラムに好まれたモチーフと考えられる。ただ、それらのエピグラムでは肉欲や快楽に主要なポイントがあるのに対して、『女将』では、そうした要素は必ずしも強く表現されていない。

その一方で、魅力的に思われる解釈として Grant のものがある。それによれば、全体が舞台となっている酒場兼宿屋に来た若者によって、こうした場所でよく見られる落書き（graffiti）を模して語られているという。そのように理解すると、エピグラムのモチーフもよく合致するとともに、市中をあくせく右往左往したあとに満たされない思いのはけ口を求めて寄ってくる人々で賑やかなこの場所の様子がいっそう生き生きと浮かんでくるように思われる。

『マエケーナースに捧げるエレゲイア（*Elegiae in Maecenatem*）』

本詩編がウェルギリウスの真作ではありえないことは、すでに述べた。また、詩編が捧げられ、その死が悼まれるマエケーナースについても、私人の立場でラテン文学黄金期に詩人たちのパトロンとして大きな影響力を及ぼしたことは先に触れ、公人としてアウグストゥスを助けて貢献したことは詩編の中で述べられているので、以下では、この詩の背景にある伝統との関連について記すことにする。

詩編は題名も示すように、『女将』と同じエレゲイア詩形を用いている。古代にはさまざまなジャンルで使われたものの、その名称は「哀悼」ないし「挽歌」を意味するギリシア語のエレゴスに由来するので、ここで悲しみが歌われることは韻律の本来的な使われ方とも言える。近世以降、エレジーとなってもっぱら「悲歌」を担うことになったのも、そこに連なる。

葬礼に関して、ローマには「死者の称揚（laudatio funebris）」という慣行があり、葬儀の場で個人の遺徳を讃える演説が行われた。伝記史家スエートーニウスは、ユーリウス・カエサルが前六八年に叔母ユーリアの死を悼み、称揚する演説を行ったことを伝え、その一部を記録している（『皇帝伝』「カエサル」六・一）。また、夫が貞節な妻への思慕を墓石に刻んだ『トゥリアへの讃辞（*Laudatio Turiae*）』と呼ばれる碑文が現存する。

他方、特に若くしての死であった場合、遺族に宛てて弔慰を意図した「慰め(consolatio)」という文学伝統があり、伝オウィディウス『リーウィアへの慰め(*Consolatio ad Liuiam*)』、セネカ『マルキアに寄せる慰めの書(*Ad Marciam de consolatione*)』などが知られる。このうち前者は本詩編末尾近くの一七五行で言及されるドルーススの死を悲しむ母(と同時にアウグストゥスの妻)リーウィアに宛てた四七四行のエレゲイア詩であり、かつては本詩編との関連が推測されたこともあったが、いまは考えられなくなっている。

「死者の称揚」と「慰め」の両方を巧みに織り込んだ詩作に、プロペルティウス『詩集』第四巻第一一歌がある。「エレゲイアの女王」とも呼ばれるこの詩は全編が夫と幼い子供二人を残して死んだ貴婦人コルネーリアの霊による一人称語りの形で、彼女が自身の葬儀の場に集まった会衆を証人として、葬儀後に渡る彼岸で待ち受ける裁きへの自己弁明を構成する。弁明は彼女の生前の立派な行いを語って「称揚」を踏まえる一方、同時に、夫や子供たちへの深い思いがにじむ言葉——そこには遺言の意味合いもある——に十二分に表現された徳性が冥界法廷での彼女の「勝訴」を予測させることで遺族を安心させて「慰め」の働きを果たしている。

これらに照らして、本詩編が全体としてマエケーナースの遺徳を「称揚」するものであることは明らかだが、「慰め」を踏まえた要素も見ることができる。その一つは、若くして死んだドルーススへの言及で、若者だけでなく老人にも歌が捧げられるべきだ、とする詩の始まりは、マエケーナースの死が「慰め」を必要とするほど大きな損失であることを表現している。実際、詩人の願いはマエケーナースのさらなる長寿であったことが述べられ（一一〇一一一一、一三九―一四〇行）、それが叶わぬいま、捧げられる死後の平安への祈り（一四一―一四四行）は「慰め」の主要モチーフである。また、ドルーススについて補えば、一四七―一五〇行、一七五―一七六行でも触れられ、マエケーナースとの老若の対比のみならず、アウグストゥスに関わる表現を導く働きが認められる。アウグストゥスとの関係では、一五五行以降が彼宛のマエケーナースの言葉で構成されていることが目を引く。一人称語りは、プロペルティウスの詩でのコルネーリアもそうであるように、人物の心情とともに人となりをよく表現する。ここでは、マエケーナースがアウグストゥスに対して感謝の表明と長寿の祈念をしながら、目の前に迫った自分の死について「慰め」を述べているかのようで、親密な関係を伝えている。

『キーリス（*Ciris*）**』**

『キーリス』は、メガラ王ニーソスの娘スキュッラが敵将であるクレータ王ミーノースに恋して父を裏切ったあと、ミーノースから酷い仕打ちを受けた末に海鳥キーリスに変身した次第をヘクサメトロス五四一行で語っている。主として神話伝承からの題材を叙事詩と同じ韻律の上に比較的小さな規模で綴る詩作は「小叙事詩（Epyllion）」と呼ばれる。この用語は、古代には後三世紀のアテーナイオス『食卓の賢人たち』一三・六八に用例があるのみで、一九世紀の文芸批評から広く用いられるようになった。そのため、必ずしも厳密な定義はなされていない。たとえば、ウェルギリウス『農耕詩』第四歌に「オルペウスとエウリュディケーの物語」（四・四五三―五二七）を物語中の物語として含む「アリスタイオス物語」という神話伝承を語る部分（四・三一七―五五八）があり、一つの完結した詩編ではないが、この部分を小叙事詩と呼ぶ場合がある。しかし、定義の詳細には立ち入らず、ここではこのジャンルがヘレニズム時代に現れ、その例としてテオクリトス『牧歌』第一三歌、第二二歌、また、伝存するのは断片のみながらカッリマコス『ヘカレー』などがあること、ラテン文学ではカトゥッルス『カルミナ』第六四歌が代表とされること、また、それに先立つ新詩人による試みもあり、特に散逸したヘルウィウス・キンナ（前四四年頃没）による『ズミュルナ』は、『キーリス』も含めて、のちの作家に小さからざる影響を与えたと考えられることを記すにとどめる。

『キーリス』には、ホメーロスの叙事詩がいつ頃どのように成立したかという「ホメーロス問題」になぞらえて、作者と執筆時期について「キーリス問題」と呼ばれるほど喧しい論争がある。問題の根本には、詩編の文体的特徴が新詩人の世代の作風を指示している一方で、ウェルギリウスの詩作とのパラレルが多数認められることがあり、これをどう見るかが主要な争点となっている。パラレルについて言えば、際立つ一例として『キーリス』結びの四行（五三八―五四一行）が『農耕詩』一・四〇六―四〇九と一言一句違わず同一であることが挙げられる。パラレルがウェルギリウスを踏まえての詩作を意味するなら、『キーリス』の詩人はウェルギリウス以後に執筆したことになり、訳者もじつはずっとそのように考えていた。しかし、それなら、なぜウェルギリウスの時代には顧みられなくなったスタイルが用いられているのかが分からない。ある種の矛盾がそこにはある。これについて明確なことはとうてい言えないので、ここでは詳細に立ち入ることは控え、近年に研究書と英訳・注釈付き校本を刊行したKayachevの議論を最新の見方として、その結論のみ紹介する。すなわち、作者については同定できない一方で、執筆時期は前四五年以降、前三五年前後までの幅をもって想定する、というものである。

さて、詩編の構成は内容面からほぼ次のようにまとめられる。

一～九一行：序言
一～五三行：メッサッラに捧げる詩人の贈り物
五四～九一行：詩人の企図――スキュッラ＝キーリスの真実を歌う
九二～一〇〇行：詩歌の女神に霊感を乞う呼びかけ
一〇一～一二八行：メガラとクレータの戦争、メガラの命運を握るニーソス王の髪

一二九〜一九〇行：スキュッラの恋の狂気
一九一〜二〇五行：結末の予示――ニーソスとスキュッラの鳥への変身
二〇六〜三四八行：スキュッラが父の髪を刈り取ろうとした（未遂の）試み
二〇六〜二一九行：星に誓う決意
二二〇〜二四九行：乳母カルメーが気づいて問いかける
二五〇〜二八二行：スキュッラの告白
二八三〜三三九行：カルメーの悲嘆、スキュッラに諫止の説得
三四〇〜三四八行：その夜は二人で過ごす
三四九〜三八五行：ニーソスの心を変えようとする試みの失敗
三八六〜四〇三行：ニーソスが髪を刈られてメガラ陥落、スキュッラは拘束される
四〇四〜四五八行：スキュッラの悲嘆、ミーノースへの非難と嘆願
四五九〜四八〇行：クレータへ向かう航路
四八一〜五一九行：アンピトリーテーによる救い――スキュッラのキーリスへの変身
五二〇〜五四一行：ユッピテルの下した罰――ウミワシに変身したニーソスの追い回し

この構成からは、物語が始まる前の「序言」が詩神への呼びかけも合わせると一〇〇行に及び、全五四一行のうちの二割近くを占めていることがまず目につく。そこではまず、詩人

がいま哲学を志していることが述べられ（三―八行）、「哲学」がこの長い「序言」を理解するための一つの鍵であることが示される。詩人は「知恵」にふさわしい歌を模索している（五行）ことを語ってから、メッサッラの望みに応じて（一三行）捧げる歌は「自然の造物を記す大著」（三九行）であり、「知恵の歌と永遠に結びつき」（四〇行）、その名声を不朽にするはずだと言う。その一方で、詩人がこれから語るのはスキュッラについて「疑わしい誤謬」（六三行）のもとに伝わる話の数々（五四―八八行）を排して、「真実」（五五行）であることが表明される。こうして「哲学」はメッサッラに将来捧げられる哲学詩的な詩作と『キーリス』と、これら二つの両方に関連ないし接点をもつ。しかしながら、「序言」は『キーリス』に直接関わる内容について（九―一一、四四―五三、八九―九一行）より、メッサッラに捧げるにふさわしい詩作とスキュッラの別伝について多くの言葉を費やしている。前者は「立派な式服」（二一、三〇行）にたとえられて奉納式典の叙述と描かれた図柄の描写がなされ、後者ではホメーロス以外は典拠不明の伝承がいくつも列挙される。つまり、「序言」には通常、作品の主題や性格について提示することが期待されるのに、この「序言」は、全体が「哲学」を介してかろうじて関連づけられてはいるものの、そのうちの大半が作品の主題と本来は関わりのない事柄を語っていることになる。

こうした語り方は「引喩（allusion）」、つまり、中心的文脈に先行作品を暗示して別の文脈を取り込む表現手法を多用するヘレニズム文学の特色を体現しているように見える。この点で、Kayachev は詩編全体にわたって用いられている引喩を仔細に検討し、暗示されているじつに多様な先行作品のモデルを指摘している。それによると、たとえば「序言」の冒頭には従来から指摘されていたカトゥッルス『カルミナ』第六五歌冒頭とのパラレルに加え、そこからカッリマコス『縁起詩』の序、カトゥッルス『カルミナ』第六八歌および第一〇一歌、ピロデーモスのエピグラム（『ギリシア詞華集』五・一一二、一一・四一）との関連、ルクレーティウス『事物の本性について』第一巻のいわゆる第二序歌への暗示などが認められるという。つまり、一つの引喩が認識されると、それを窓としてさらに別の引喩が現れてくるような手法が分析されている。こうした重層的な引喩が表現に細かな陰影や深みを与えることは疑いない。だが、それはたとえて言えば、織物に絵柄を描き出す糸の中に細密な変化を繰り入れるものが混じっているようなもので、その変化が絵柄全体に対してどのような意図をもって、どのような効果を上げているのかを見きわめるのはきわめて難しい。Kayachev はそれらの引喩を通じて詩と哲学の両立が提示されているとし、綿密な検討を展開するが、それを紹介することは残念ながら本解説の範囲を超えると思われ、控えることとしたい。とはいえ、引喩が『キーリス』という作品の根幹にあることだけは把握しておく必要がある。加えて、そもそも、特定の作品を意図せずに、ある物語の中に別の物語を組み込む、あるいは重ね合わせる技法をも広い意味で引喩として捉えられるとすれば、登場人物による例話、「エクプラシス（ekphrasis）」と呼ばれる織物、扉絵、盾の面などに描かれた物語の描写なども引喩に含められるかもしれず、そうだとすれば引喩はホメーロス以来の叙事詩の正統的な技法とも見なせる。『キーリス』の場合、それが細密かつ複雑に用いられ、それによって表現しようとするものより、そのような表現手法そのものが作品の主題であるようなところがある。

さて、スキュッラとニーソスについて伝えるもっとも古い典拠は、アイスキュロス『コエーポロイ（供養するものたち）』六一二―六二二である。そこでは、ニーソスの娘がミーノースの贈った黄金の首飾りに籠絡され、寝入っている父から「不死の髪」を奪って、ためにニーソスが冥土に落ちた、と歌われる。スキュッラの名前は言及されず、父と娘の変身が語られることもない。「不死の髪」はニーソスにかぎらず、他の神話伝承にも現れるモチーフである。すぐに思い起こされるのは旧約聖書に出るサムソンとデリラの物語だが、ギリシア西部エキーナデス群島の島々を治める王プテレラーオスは海神ポセイドーンから黄金の髪を授かり、不死になったとされる。王はタポスを攻めたアンピトリュオーン（この遠征の留守中にゼウスが彼の妻アルクメーネーと交わってヘーラクレースをもうけた将軍）に恋した娘コマイトーによって髪を刈り取られて死んだという（アポッロドーロス『ビブリオテーケー（ギリシア神話）』二・四・五、七）。そこで、二つの物語の展開は髪の色を別にすればほぼ同一で、プテレラーオスに言及するギリシアの詩人エウポリオーン（前三世紀後半に活躍）の断片二六（Lightfoot）・ii・一四―一九が『キーリス』一二九―一三二行とパラレルをなすことが指摘されている。この『キーリス』の四行はスキュッラについて語り始める位置にあり、彼女が父と祖国の破滅をもたらすことともに、その災厄の原因としてミーノースへの恋を「奇態な狂気」（一三〇行）として強調する。「狂気（furor）」は物語前半での主要モチーフをなしている。それを愛神クピードーの矢がスキュッラに打ち込んだのがことの始まり（一五八―一六七行）であり、異変に気づいた乳母カルメーは「狂気」（二三七、二三八行）が犯させる恐ろしい罪を思って心配し、「普通の情火」（二四四行）であるかぎり手助けを約束する（二三七―二四九行）のに対して、スキュッラは口を開いた最初には「私の身を焦がす恋は世間で見慣れたものではない」（二五九行）として自分の「狂気」（二五八行）を詮索しないように言う。

狂気は、恋愛エレゲイア詩において、報われない恋だと理屈では分かっていながら消すことのできない激情を表現して「恋」と同義に用いられた。スキュッラの場合、「報われない」一点ではそれとも通じるものの、むしろ身の破滅を招くと分かっていながら神的導きゆえに抗えない悲劇的な激情に重点を置いている。実際、「奇態な狂気」（一三〇行）という詩句は、ウェルギリウス『アエネーイス』では、ユーノー女神の指示を受けた女神イーリスがトロイアの女たちに吹き込み、アエネーアースの船団を焼き払わせようとした激情について使われている（同書、五・六七〇。五・六五九も参照）。

その一方、許されざる恋に囚われた女性に乳母や姉妹が忠告や手助けをするという展開は、しばしば悲劇や叙事詩に現れる。エウリーピデース『ヒッポリュトス』で愛の女神アプロディーテーのヒッポリュトスへの怒りゆえに彼に恋した継母パイドラーに告白を勧めて仲介を試みた乳母（同書、一七六以下）、アポッローニオス『アルゴナウティカ』で愛神エロースによってイアーソーンへの恋を吹き込まれたメーデイアにアルゴー船の英雄たちを——金羊毛皮をもたらしたギリシア人プリクソスを夫とした縁から——助けるよう頼んだ姉カルキオペー（同書、三・六六六—七四三）、ウェルギリウス『アエネーイス』で愛神アモルに吹き込まれたアエネーアースへの恋心と亡き夫への操とのあいだで葛藤する女王ディードーに国力強化を説いて結婚を勧めた妹アンナなどの例がある。

こうした例と比べて、スキュッラの乳母カルメーは、単なる脇役にとどまらず、彼女自身が主要な役割を演じる別の物語をもつ存在であることに特色がある。彼女はフェニキアの王女として生まれ、（王神ゼウスとのあいだにもうけたとされる）娘ブリトマルティスがミーノースの求愛から逃げるあいだに命を落としたあと女神になったと言われる。ミーノースが災いの原因である点でブリトマルティスはスキュッラと対応し、カルメーの嘆きを深めると同時にスキュッラへの助言に重みを加える一方、あとの展開を比べれば、ミーノースがブリトマルティスには激しく求愛する側であったのに、スキュッラには酷い仕打ちで応じた点、また、ブリトマルティスが姿を消してカルメーから失われはしたものの、女神として崇められる存在になったのに対して、スキュッラはキーリスとなって空を舞い続ける存在になったものの、ニーソスの化身であるウミワシにつねに追い回される罰に苛まれる点で両者のあいだに対比が認められる。

このカルメーの忠告と癒しによってスキュッラの狂気がいったん静められた形で一夜が過ごされ、前半が終わる。この夜の出来事の叙述（二〇六―三四八行）は、カルメーの問いかけ（二二四―二四九行）にスキュッラが思いを打ち明け（二五七―二八二行）、それを聞いてのカルメーの嘆きと助言（二八六―三三九行）というように大半が二人の女性の言葉で占められている。この対話は、形式と内容の両面で後半でのスキュッラの嘆きの独白（四〇四―四五八行）と対比をなしている。対話は助力者の言葉が死も決意していたスキュッラに救いの光をのぞかせ、ほんのわずかのあいだ破滅を先延ばしする。それに対して、独白は裏切られ、すべてを失った孤独の中で確実視される死を前に発せられる。

こうした登場人物の声が聴覚的に悲劇的情調を高めているとすれば、視覚的に哀感を深める表現も認められる。縛られてミーノースの船に吊るされたスキュッラの姿は、海の神格やニンフの驚きと注視の的になる（三八九―三九九行）。スキュッラが声も出ないほど疲れ果てたあとも続く苦しい海路は、通り過ぎる町々を見る彼女自身の視線で捉えられる（四五九―四八〇行）。身動きできない中で彼女が発する声は精一杯の働きかけだったが、いまはその力も尽きて次々と見えてくるものをただ眺めるだけになったうつろな目が想像される。

このスキュッラに神々による救いと懲らしめがもたらされて詩編は結ばれる。海の女神アンピトリーテーによる救いは、しかしながら、美しい鳥キーリスとしての新たな命を授けはしたものの、「ネプトゥーヌスのやさしい后にとうていふさわしくはなかった」（五〇九行）と語られるとおり、孤独で居場所のない「荒れ果てた余生」（五一八行）を与えたにすぎない。それにとどまらず、王神ユッピテルが罰を下す。ニーソスをウミワシに変身させ、キーリスをいつまでも、どこまでも追い回させる。

だが、キーリスがウミワシに追いつかれることは決してない。それは、サソリとオーリーオーンの喩え（五三三―五三五行）で二つの星座の距離が縮まらないのと同様であり、「天空を軽やかに翼で割きつつ逃げる」という詩句の繰り返し（五三八、五四一行）によって強調される。キーリスが逃げるのは「天空（aethera）」だが、ニーソスが追うのは「空（auras）」（五三九、五四〇行）までで、決してそこには届かない。そのかぎりで、罰はそれほど過酷とは思われず、むしろ、まったく孤独であったキーリスにとって空をともにする鳥ができたようにも見える。このある種逆説的な印象は「軽やか」という語で強められる。「軽い」は、英雄叙事詩の「荘重」に対して、ヘレニズム文学の特質の一つである戯れの暗示に用いられる。容易に尻尾をつかませないように読者をすかす遊戯の詩作は、ニーソスに捕まらないキーリスのイメージと重なるように思われる。この点で、ニーソスがウミワシとして現れる前のキーリスの孤独な生は「荒れ果てた（incultum）」（五一八行）と言われていたが、この語がヘレニズム文学のもう一つの特質である「洗練（cultus）」に否定接頭辞のついた形容詞であることも注目される。ニーソスに追い回されることがキーリスの生を洗練されたものにしているように考えられるかもしれない。

この「軽やか」を含む『キーリス』の末尾の四行は一言一句違わずにウェルギリウス『農耕詩』一・四〇六―四〇九に用いられ、そこではニーソスの現れとスキュッラ追尾が雨のあとの晴天を示す予兆の一つとされる。それは農夫に耕作にかかるべき時を告げている。ラテン語では「耕作」は「洗練」と同じ cultus である。『キーリス』に遊戯の詩作が認められるとすれば、ウェルギリウスもここで同じ詩行に自身の詩作にふさわしい遊び心を通わせたように思われる。

『プリアーポスの歌（*Priapea*）』

プリアーポスは、畑や庭園で作物や果樹を見張る案山子の神格で、ヘッレースポントス（現在のダーダネルス海峡）南岸の町ランプサコスの祭儀がよく知られていた。豊穣と生殖を司り、大きな男根を誇示する姿に象られたので、物語に登場するときは好色な性格として描かれる。たとえばオウィディウスは、プリアーポスが酒神バッコス（＝ディオニューソス）を讃えるディオニューシア祭の祝宴の場でローティスというニンフにふしだらな行為に及ぼうとした話（『祭暦』一・三九一―四四〇）、大地母神キュベレーが催した祝宴で竈の火の女神ウェスタに手を出そうとした話（同書、六・三一九―三四六）を語っている。

プリアーポスを主題とした詩集に作者不詳の『プリアーポス詩集（*Carmina Priapea* / *Corpus Priapeorum*）』と呼ばれるものがあり、ほとんどが一一音節韻（ヘンデカシラブル）、エレゲイア、ないし跛行イアンボス（『カタレプトン』の項を参照）詩形による短詩八〇編から成る。こうした詩集の伝存からも窺えるように、プリアーポスは詩題として好まれた。右に触れたオウィディウスによる二つの話の他、ティブッルスは『詩集』第一巻第四歌でプリアーポスに恋の指南を求めて語らせ、ホラーティウスは『諷刺詩』第一巻第八歌をプリアーポスによる一人称語りで綴った。また、『ギリシア詞華集』にも相当数のプリアーポスを歌ったエピグラムが入っている。

そして、ウェルギリウス作に帰せられた四詩編が本集成に収められたものである。Iはエレゲイア、II、IVはイアンボス、IIIはプリアーポス詩形で綴られている。イアンボスは狭義には短長二音節の韻律単位で、通常、これを二つ（短長短長）で一韻脚とする。それを三つ連ねる三脚韻（トリメトロス）が悲劇と喜劇とを問わず劇の科白に用いられ、このイアンボス・トリメトロスを単にイアンボスということも多く、II、IVもこれに該当する。プリアーポス詩形は、長短どちらでもよい音節を「両」で示すとすると、両両長短短長短長（グリュコネイオス）に両両長短短長長（ペレクラテイオス）を組み合わせた韻律である。

I、II、IIIがプリアーポスの一人称語りをとり、特にIIとIIIは通りがかりの人や盗人とも思われる相手に呼びかけながら機知を利かせた内容になっているのに対して、IVは急に勃起不全を起こした男がプリアーポスや自分のペニスに八つ当たりするという、いささか猥雑な内容となっている。プリアーポスの語りは、エピグラムの常套の一つとして、彫像、記念物、墓などに刻まれた碑銘が象られた像や葬られた死者の語りかける言葉の形をとることを踏まえている。他方、猥雑な言葉は、おおっぴらに発することで悪疫を驚かせて退散させる儀礼を踏まえている。

『カタレプトン（*Catalepton*）』

題名のカタレプトンは、表皮を剝ぎ取った「薄片」といった意味合いのギリシア語で、天文詩『パイノメナ（星辰譜）』を著したアラートス（前三一五／三一〇頃―前二四〇年頃）がこの題名の詩を著したことが知られる（『アラートス伝』九、ストラボーン『地誌』一〇・五・三）。ストラボーンの伝える二行の断片はヘクサメトロスで、アポッローンとアルテミス兄妹神出産の際に母神レートーがデーロス島に場所を見つけるまで海上を放浪したときを場面としているように考えられるが、そのこととこちらの『カタレプトン』との関係の如何は分からない。

韻律はエレゲイアが多いが、イアンボス（VI、X、XII）、跛行イアンボス（II、V）、エポードス（XIII）を用いた詩編もある。跛行イアンボスは、イアンボスの第一、第二韻脚の最初の音節が長短いずれでもよく、第三韻脚が短長短長ではなく短長長長で終わって脚を引きずるようなリズムになるので、そう呼ばれる。エポードスは、イアンボス三脚韻と二脚韻（ディメトロス）の二行一対の韻律で、痛罵の詩で知られるアルキロコス（前六八〇頃―前六四五年頃）の創始とされ、単にイアンボスと称されることもある。ホラーティウスは初期の抒情詩集に『エポーディー』（「エポードス」の複数）の題名を冠し、全一七歌のうち第一〇歌までをこの韻律で綴った。ここでもXIIIは痛罵の詩となっている。

最後の二編XVとXVIはウェルギリウスの手になるものでないことが明らかな内容になっている。XVは真筆三作品に言及しながら、『カタレプトン』を「手習い始め」、「未熟なカッリオペー」としているので、編者のような第三者の立場で記され、XVIは墓碑の体裁になっているので、誰か縁者が記したという想定である。

それに対して、他の一四編はウェルギリウスが身の回りの出来事に取材して詩作したという体裁をとっている。これらはウェルギリウス自身による（と想定される）語りと、ドーナートゥスなどの伝記に記される内容との一致からウェルギリウス真作とみなす向きも多い。特に、クインティリアーヌスに引用されるII、セイローンを師とした哲学への志が言及されるV、VIIIには強い支持がある。とはいえ、やはり決め手はない。伝記的内容という点では、この他に、IとVIIが友人トゥッカあるいはウァリウスを巻き込んだ若き日の密事ないし情事を、IVとXIがオクターウィウス・ムーサとの友情を扱っている。

『カタレプトン』全般に見られる諧謔の調子には、カトゥッルスの影響が大きい。Xはその端的な例で、カトゥッルス『カルミナ』第四歌のパロディーをなしている。黒海南岸の地で建造され、広く地中海で海運に従事したのちに退役し、カトゥッルスの愛でたシルミオー（現在のシルミオーネ）近くとも考えられる湖畔で双子神ディオスクーロイに奉納された軽帆船が、この詩編ではマントゥア周辺で働いて引退した荷役ラバの馭者サビーヌスに置き換えられている。また、VIの末尾に引用の形で置かれた詩行は、カトゥッルス『カルミナ』第二九歌の結びの二四行を引いている。

『モレートゥム（*Moretum*）』

本詩編はヘクサメトロス一二二行から成り、農夫シームルスが目覚めてから畑仕事に出るまでの朝の様子を綴っている。

題名のモレートゥムは、シームルスが弁当の惣菜代わりに自分でこしらえた食べ物の名前（一一六行）で、乳とチーズにさまざまなハーブをすり潰したものを混ぜて固めたものである。後一世紀の農事作家コルメッラは材料によるバリエーションをいくつか伝えている（『農業論』一二・五九・一）が、基本は本詩編に語られるところと変わらない。本詩編と同じく『モレートゥム』と題されたヘクサメトロスの詩がスエーイウスという詩人によって書かれ、モレートゥムの材料とされたナッツについての箇所の断片八行が伝わっている（マクロビウス『サートゥルナーリア』三・一八・一一）。また、ウェルギリウスが歌った次の二行もモレートゥムのことだとされる。

テステュリスは厳しい暑さで消耗した刈り手らのために
ニンニクやジャコウソウなど香しいハーブをすり潰している。

（『牧歌』二・一〇—一一）

その一方で、オウィディウスは大地母神キュベレーの神官たちについて女神との次のような問答を記している。

「彼らはハーブで作るモレートゥムを恥とも思わずに
女神様の食卓に捧げますが、それなりの理由があるのですか」。
「昔の人が食したと語られるのは搾りたての乳、それにハーブも
大地から自然に生えてきたものばかりだ。
真っ白なチーズにハーブを搗きこねて混ぜれば、
いにしえよりの女神がいにしえよりの食べ物だと分かるのだ」。

（『祭暦』四・三六七—三七二）

これらの証言からは、モレートゥムが詩題として好ましいものであったこと、その好ましさはつましい食べ物で満足していた昔への郷愁と結びついていることが窺える。

その一方で、貧しさを苦にせず誠実勤勉に日々の暮らしを送る老人もまた、文学伝統の中で好まれてきた。たとえば、ホメーロス『オデュッセイア』における豚飼いエウマイオス、オウィディウス『変身物語』に語られるピレーモーンとバウキスなどがよく知られる。ただし、これらの例では正体を隠した英雄や神々が老人から精一杯のもてなしを受け、それにふさわしい返礼で報いるというのが多くに共通した展開であるが、ここでのシームルスにそれはあてはまらない。シームルスにもっとも近いパラレルは、おそらくウェルギリウス『農耕詩』四・一二五―一四六に語られる「コーリュコスの老人」である。イタリア南部タレントゥム周辺の肥沃な土地の近くにありながら、広くとも土壌がひどく痩せているために農地として見捨てられた場所に野菜を植え、果樹を育て、養蜂を営んでいる。特に「心は王侯の富に肩を並べる」（同書、四・一三二）と言われることは、シームルスについても「英雄」（五九行）と呼ばれ、「ときに大地主がこの貧乏人からもらう裾分けのほうが多いこともあった」（六四行）と語られることと重なる面がある。

『有徳の士の教育について（*De institutione viri boni*）』

『「そうだ」と「否《いな》」について（*De est et non*）』

『生まれ出ずるバラ（*De rosis nascentibus*）』

　これら三詩編は、すでに触れたように、アウソニウス作とされ、いずれも短いものであるので、ごく簡単にまとめて述べることにしたい。

『有徳の士の教育について』、『「そうだ」と「否《いな》」について』は、ともにヘクサメトロスで書かれ、哲学的なテーマを題材としている。前者が賢人の心得と内省を語る一方、後者は普段気にかけることのない些末なものに注目して、それがないとなにをするにも困るという、いかにもそれらしい哲学論議をぶつ。

『生まれ出ずるバラ』は、エレゲイアで書かれ、菜園の園丁が春の朝早くに花壇に開くバラを見て語る体裁をとっている。春、朝、開花が「生まれ」から「盛り」あるいは「酣《たけなわ》」に向かう情調を奏でながら、その先にすぐ待ち受ける「萎《しぼ》み」の哀調を交え、結びはいわゆる「カルペ・ディエム（carpe diem）」、つまり、人生は短いゆえにその日その日の喜びを摘み取れ、というモチーフで終わる。

参照文献

校本・注釈

Clausen, W. V., F. R. D. Goodyear, E. J. Kenney, and J. A. Richmond, *Appendix Vergiliana*, Oxford: Oxford University Press (Oxford Classical Texts), 1966.

Duff, J. Wight and Arnold M. Duff, *Minor Latin Poets*, Vol. I, Cambridge, Mass.: Harvard University Press (Loeb Classical Library), 1935.

Ellis, R., *Appendix Vergiliana: sive carmina minora attributa Vergilio*, Oxford: Oxford University Press (Oxford Classical Texts), 1927.

Fairclough, H. Rushton, *Virgil Aeneid Books 7-12, Appendix Vergiliana*, Cambridge, Mass.: Harvard University Press (Loeb Classical Library), 2001.

Goodyear, F. R. D., *Incerti Auctoris Aetna*, Cambridge: Cambridge at the University Press, 1965.

Kayachev, Boris, *Ciris: A Poem from the Appendix Vergiliana. Introduction, Text, Apparatus Criticus, Translation and Commentary*, Swansea: Classical Press of Wales, 2020.

Kenney, E. J., *The Ploughman's Lunch: Moretum. A Poem Ascribed to Virgil*, Bristol: Bristol Classical Press, 1984.

Kytzler, Bernhard, *Carmina Priapea: Gedichte an den Gartengott*, Zürich: Artemis, 1978.

Lyne, R. O. A. M., *Ciris: A Poem Attributed to Vergil*, Cambridge: Cambridge University Press, 1978.

Rostagni, Augusto, *Suetonio de Poetis e Biografi Minori* (Torino: Chiantore, 1944), New York: Arno Press, 1979.

Salvatore, Armandus, *Appendix Vergiliana I: Ciris - Culex*, Torino: I. B. Paraviae, 1957.

——, *Appendix Vergiliana II: Dirae [Lydia] - Copa - Moretum - Catalepton*, Torino: I. B. Paraviae, 1960.

White, Hugh G. Evelyn, *Ausonius*, 2 vols., Cambridge, Mass.: Harvard University Press (Loeb Classical Library), 1949.

引用参考書・論文

Grant, Mark, "The *Copa*: Poetry, Youth and the Roman Bar", *Proceedings of the Virgil*

Society, 24 (2001), 121-134.

Kayachev, Boris, *Allusion and Allegory: Studies in the Ciris*, Berlin: De Gruyter, 2016.

Most, Glenn, "The 'Virgilian' *Culex*", in *Homo Viator: Classical Essays for John Bramble*, edited by Michael Whitby, Philip Hardie, and Mary Whitby, Bristol: Bristol Classical Press, 1987, pp. 199-209.

Peirano, Irene, *The Rhetoric of the Roman Fake: Latin Pseudepigrapha in Context*, Cambridge: Cambridge University Press, 2012.

Welsh, Jarrett T., "How to Read a Volcano", *Transactions of the American Philological Association*, 144 (2014), 97-132.

訳者あとがき

本書に訳出した集成の中で最初に訳者の関心を引いた詩編は『キーリス』だった。神話を題材として「小さな詩」を指向した詩作に惹かれた。しかし、いま集成全体を訳し終えて、心にもっともしっくりくる詩は『モレートゥム』である。素朴さにユーモアを交えた味わいがなんともいえない。なにより、モレートゥムが出来あがるときを「少しずつ材料個々の特性が消えてゆき、とりどりだった色が均一になる」(一〇一―一〇二行) と表現した詩句が印象深い。多種多様な詩編からなる本集成を暗示するようでもあり、多様な、ときに立場と利害を異にする民が互いを認めて和合協力することにローマの未来を見たウェルギリウスの心情=信条を映すようでもある。ちなみに、「とりどりだった色が均一になる (color est e pluribus unus)」は、多民族国家アメリカのモットーとして硬貨に刻印された「多から一へ (e pluribus unum)」と比べうる唯一の古典テキストである。

本訳書も、当然ながら、訳者一人の手でできたものではない。とりわけ、講談社の互盛央氏には刊行までお世話いただいたことに感謝申し上げたい。『ウェルギリウス小品集』という本書の邦題のご提案に始まり、訳稿全体に細かく目を通してくださった。もちろん、なおまだ至らぬところは訳者の責任であり、読者諸賢の叱正を乞う次第である。

高橋宏幸

二〇二五年陽春

KODANSHA

＊本書は、講談社学術文庫のための新訳です。

プブリウス・ウェルギリウス・マロー
前70-前19年。古代ローマ文学「黄金時代」前期を代表する詩人。代表作は『アエネーイス』,『農耕詩』,『牧歌』など。

高橋宏幸（たかはし　ひろゆき）
1956年生まれ。京都大学名誉教授。専門は，西洋古典学。著書に，『カエサル『ガリア戦記』』ほか。訳書に，ホラーティウス『書簡詩』（講談社学術文庫），オウィディウス『ヘーローイデス』,『カエサル戦記集』全3巻ほか。

講談社学術文庫

定価はカバーに表示してあります。

ウェルギリウス小品集《しょうひんしゅう》

ウェルギリウス

高橋宏幸《たかはしひろゆき》 訳

2025年4月8日　第1刷発行

発行者　篠木和久
発行所　株式会社講談社
　東京都文京区音羽2-12-21 〒112-8001
　電話　編集（03）5395-3512
　　　　販売（03）5395-5817
　　　　業務（03）5395-3615
装　幀　蟹江征治
印　刷　株式会社新藤慶昌堂
製　本　株式会社国宝社

ISBN978-4-06-538781-8

「講談社学術文庫」の刊行に当たって

これは、学術をポケットに入れることをモットーとして生まれた文庫である。学術は少年の心を養い、成年の心を満たす。その学術がポケットにはいる形で、万人のものになることは、生涯教育をうたう現代の理想である。

こうした考え方は、学術を巨大な城のように見る世間の常識に反するかもしれない。また、一部の人たちからは、学術の権威をおとすものと非難されるかもしれない。しかし、それはいずれも学術の新しい在り方を解しないものといわざるをえない。

学術は、まず魔術への挑戦から始まった。やがて、いわゆる常識をつぎつぎに改めていった。学術の権威は、幾百年、幾千年にわたる、苦しい戦いの成果である。こうしてきずきあげられた城が、一見して近づきがたいものにうつるのは、そのためである。しかし、学術の権威を、その形の上だけで判断してはならない。その生成のあとをかえりみれば、その根は常に人々の生活の中にあった。学術が大きな力たりうるのはそのためであって、生活をはなれた学術は、どこにもない。

開かれた社会といわれる現代にとって、これはまったく自明である。生活と学術との間に、もし距離があるとすれば、何をおいてもこれを埋めねばならない。もしこの距離が形の上の迷信からきているとすれば、その迷信をうち破らねばならぬ。

学術文庫は、内外の迷信を打破し、学術のために新しい天地をひらく意図をもって生まれた。文庫という小さい形と、学術という壮大な城とが、完全に両立するためには、なおいくらかの時を必要とするであろう。しかし、学術をポケットにした社会が、人間の生活にとってより豊かな社会であることは、たしかである。そうした社会の実現のために、文庫の世界に新しいジャンルを加えることができれば幸いである。

一九七六年六月

野間省一

西洋の古典

2465
七十人訳ギリシア語聖書　モーセ五書
秦　剛平訳

前三世紀頃、七十二人のユダヤ人長老がヘブライ語聖書をギリシア語に訳しはじめた。この通称「七十人訳」こそ、現存する最古の体系的聖書でありイエスの時代の聖書である。西洋文明の基礎文献、待望の文庫化！　電P

2479
ホモ・ルーデンス　文化のもつ遊びの要素についてのある定義づけの試み
ヨハン・ホイジンガ著／里見元一郎訳

「人間の文化は遊びにおいて、遊びとして、成立し、発展した」――。遊びをめぐる人間活動の本質を探究、「遊びの相の下に」人類の歴史を再構築した人類学の不朽の大古典！　オランダ語版全集からの完訳。　電P

2495
エスの本　ある女友達への精神分析の手紙
ゲオルク・グロデック著／岸田　秀・山下公子訳

「人間は、自分の知らないものに動かされている」。フロイト理論に多大な影響を与えた医師グロデックが、心身両域にわたって人間を決定する「エス」について明快に語る。「病」の概念をも変える心身治療論。　電P

2496
ヨハネの黙示録
小河　陽訳（図版構成・石原綱成）

正体不明の預言者ヨハネが見た、神の審判による世界の終わりの幻。最後の裁きは究極の破滅か、永遠の救いか――？　新約聖書の中で異彩を放つ謎多き正典のすべてを、現代語訳と八十点余の図像で解き明かす。　電P

2500
仕事としての学問　仕事としての政治
マックス・ウェーバー著／野口雅弘訳

マックス・ウェーバーが晩年に行った、二つの講演の画期的新訳。『職業としての学問』と『職業としての政治』の邦題をあえて変更し、生計を立てるだけの「職業」ではない学問と政治の大切さを伝える。　電P

2501
社会学的方法の規準
エミール・デュルケーム著／菊谷和宏訳

ウェーバーと並び称される社会学の祖デュルケームは、一八九五年、新しい学問を確立するべく、記念碑的なマニフェストとなった本書を発表する。社会学とは何を扱う学問なのか？――決定版新訳が誕生。　電P

西洋の古典

2502・2503

G・W・F・ヘーゲル著／伊坂青司訳

世界史の哲学講義　ベルリン 1822／23年（上）（下）

一八二二年から没年（一八三一年）まで行われた講義のうち初年度を再現。上巻は序論「世界史の概念」から本論第一部「東洋世界」を、下巻は第二部「ギリシア世界」から第四部「ゲルマン世界」をそれぞれ収録。

2504

ルートヴィヒ・ヴィトゲンシュタイン著／丘沢静也・荻原耕平訳

小学生のための正書法辞典

ヴィトゲンシュタインが生前に刊行した著書は、たった二冊。一冊は『論理哲学論考』、そして教員生活を送っていた一九二六年に書かれた本書である。長らく未訳のままだった幻の書、ついに全訳が完成。

2505

J・L・オースティン著／飯野勝己訳

言語と行為　いかにして言葉でものごとを行うか

言葉は事実を記述するだけではない。言葉を語ることがそのまま行為をすることになる場合がある――「確認的」と「遂行的」の区別を提示し、「言語行為論」の誕生を告げる記念碑的著作、初の文庫版での新訳。

2506

キケロー著／大西英文訳

老年について　友情について

偉大な思想家にして弁論家、そして政治家でもあった古代ローマの巨人キケロー。その最晩年に遺された著作のうち、もっとも人気のある二つの対話篇。生きる知恵を今に伝える珠玉の古典を一冊で読める新訳。

2507

マルティン・ハイデガー著／森　一郎編訳

技術とは何だろうか　三つの講演

第二次大戦後、一九五〇年代に行われたテクノロジーをめぐる講演のうち代表的な三篇「物」、「建てること、住むこと、考えること」、「技術とは何だろうか」を新訳で収録する。技術に翻弄される現代に必須の一冊。

2508

マルキ・ド・サド著／秋吉良人訳

閨房の哲学

数々のスキャンダルによって入獄と脱獄を繰り返し、人生の三分の一以上を監獄で過ごしたサドのエッセンスが本書には盛り込まれている。第一級の研究者がついに手がけた「最初の一冊」に最適の決定版新訳。

《講談社学術文庫　既刊より》

西洋の古典

2509
物質と記憶
アンリ・ベルクソン著／杉山直樹訳
フランスを代表する哲学者の主著――その新訳を第一級の研究者が満を持して送り出す。簡にして要を得た訳者解説を収録した文字どおりの「決定版」である本書は、ベルクソンを読む人の新たな出発点となる。
電P

2519
科学者と世界平和
アルバート・アインシュタイン著／井上　健訳（解説・佐藤優／筒井　泉）
ソビエトの科学者との戦争と平和をめぐる対話「科学者と世界平和」。時空の基本概念から相対性理論の着想、統一場理論への構想まで記した「物理学と実在」。平和と物理学、それぞれに統一理論はあるのか？
電P

2526
中世都市 社会経済史的試論
アンリ・ピレンヌ著／佐々木克巳訳（解説・大月康弘）
「ヨーロッパの生成」を中心テーマに据え、二十世紀を代表する歴史家となったピレンヌ不朽の名著。地中海を囲む古代ローマ世界はゲルマン侵入とイスラーム勢力によっていかなる変容を遂げたのかを活写する。
電P

2561
箴言集
ラ・ロシュフコー著／武藤剛史訳（解説・鹿島　茂）
十七世紀フランスの激動を生き抜いたモラリストが、人間の本性を見事に言い表した「箴言」の数々。鋭敏な人間洞察と強靱な精神、ユーモアに満ちた短文が、自然に読める新訳で、現代の私たちに突き刺さる！
電P

2562・2563
国富論（上）（下）
アダム・スミス著／高　哲男訳
スミスの最重要著作の新訳。「見えざる手」による自由放任を推奨するだけの本ではない。分業、貨幣、利子、貿易、軍備、インフラ整備、税金、公債など、経済の根本問題を問う近代経済学のバイブルである。
電P

2564
ペルシア人の手紙
シャルル＝ルイ・ド・モンテスキュー著／田口卓臣訳
二人のペルシア貴族がヨーロッパを旅してパリに滞在している間、世界各地の知人たちとやり取りした虚構の書簡集。刊行（一七二一年）直後から大反響を巻き起こした異形の書、気鋭の研究者による画期的新訳。
電P

西洋の古典

2566
全体性と無限
エマニュエル・レヴィナス著／藤岡俊博訳
特異な哲学者の燦然と輝く主著、気鋭の研究者による渾身の新訳。二種を数える既訳を凌駕するべく、原書のあらゆる版を参照し、訳語も再検討しながら臨む。次代に受け継がれるスタンダードがここにある。
電P

2568
イマジネール 想像力の現象学的心理学
ジャン＝ポール・サルトル著／澤田　直・水野浩二訳
「イメージ」と「想像力」をめぐる豊饒なる考察――ブランショ、レヴィナス、ロラン・バルト、ドゥルーズなどの幾多の思想家に刺激を与え続けてきた一九四〇年刊の重要著作を第一級の研究者が渾身の新訳！

2569
ルイ・ボナパルトのブリュメール18日
カール・マルクス著／丘沢静也訳
一八四八年の二月革命から三年後のクーデタまでの展開を報告した名著。ジャーナリストとしてのマルクスの舌鋒鋭くもウィットに富んだ筆致を、実力者が達意の日本語にした、これまでになかった新訳。
電P

2570
レイシズム
R・ベネディクト著／阿部大樹訳
レイシズムは科学を装った迷信である。人種の優劣や純粋な民族など、存在しない――ナチスが台頭しファシズムが世界に吹き荒れた一九四〇年代、『菊と刀』で知られるアメリカの文化文類学者が鳴らした警鐘。
電P

2596
イミタチオ・クリスティ キリストにならいて
トマス・ア・ケンピス著／呉　茂一・永野藤夫訳
十五世紀の修道士が著した本書は、『聖書』についで多くの読者を獲得したと言われる。読み易く的確な論しに満ちた文章が、悩み多き我々に安らぎを与え深い瞑想へと誘う。温かくまた厳しい言葉の数々。
電P

2677
我と汝
マルティン・ブーバー著／野口啓祐訳（解説・佐藤貴史）
経験と利用に覆われた世界の軛から解放されるには、全身全霊をかけて相対する〈なんじ〉と出会わねばならない。その時、わたしは初めて真の〈われ〉となるのだ――。「対話の思想家」が遺した普遍的名著！
電P